UNE NUIT APRÈS NOUS

DELPHINE ARBO PARIENTE

UNE NUIT APRÈS NOUS

roman

nrf

GALLIMARD

Je ne dors pas je suis tombé j'ai trébuché sur ton absence.

PAUL ÉLUARD

I

Il ne vient pas me chercher à la gare, il ne m'appelle pas pour mon anniversaire ni pour savoir si je vais mieux à cause du rhume qui m'a clouée au lit. Il ne m'écrit pas de cartes postales de là où il est, jamais il ne me laisse de message téléphonique. Nous n'allons pas au restaurant ni au cinéma, faire les magasins, prendre un café. Je ne lui demande pas ce qu'il fait en ce moment, ni ce qu'il fera l'été prochain, ni s'il s'ennuie depuis qu'il est à la retraite. Je me couperais la langue plutôt que de prononcer son prénom.

J'ignore s'il s'est remarié ou si une femme partage sa vie. Il ne connaît pas mon mari ni Rosalie. Il ne voit pas grandir mes aînés, jamais ils ne s'enquièrent de lui. Je ne sais pas à quoi il ressemble maintenant, je me souviens du visage qu'il avait lorsque mon frère est né, il n'avait pas quarante ans, de ce visage je me souviens parfaitement. C'est un visage impossible à déloger de ma mémoire, c'est un visage de tôle froissée sur une bande d'arrêt d'urgence. Toutes les fois qu'il revient sans prévenir, c'est ainsi qu'il surgit, comme un platane. Trente-cinq ans me séparent de cette image de lui, je ne peux pas imaginer ce que le temps a fané. Pour moi, il restera cet homme assis près d'un cendrier rempli de mégots, le corps flouté par les volutes de Gitanes bleues, dans sa bouche l'haleine de tabac froid, dans ses yeux le feu, dans le corps l'épine. Dans ses bras manque l'enfant dont c'est la place et qui attend qu'on la porte sur les épaules ou qu'on l'embrasse, espérant une sucrerie ou une poignée d'amandes. Il dure malgré moi comme un œillet, hantant de sa grammaire chaque cage d'escalier à l'odeur de bois ciré, chaque papier peint fleuri, au fond du corps comme un foret. Cette histoire, c'est une tache de vin sur un chemisier blanc. J'ai pourtant fait le nécessaire, tout ce que j'ai pu, j'ai effacé son nom de mon répertoire, celui de ses amis aussi, j'ai jeté toutes les photos, j'ai brûlé tous les dessins, je ne dis jamais papa.

J'ai commencé à comprendre le jour où j'ai commencé à écrire, arrêtant de courir sur les tommettes. Il y avait ce que j'étais prête à donner et ce que j'étais vouée à retenir. Mon histoire était emballée dans du papier journal, parfois quelques lettres s'en échappaient, formant des mots, rarement des phrases, je confondais *aimer* avec *marié*, *écrire* avec *crier*. Je m'empruntais de temps en temps puis retournais là où l'on m'attendait, le corps devant un évier ou au-dessus d'une poussette, j'étais une femme, une mère, jamais une fille.

J'ai cru que l'événement de ces dernières semaines, c'était ma rencontre avec Vincent, mais sur ce chemin qui me menait à lui j'ai retrouvé la mémoire, remis les mots à leur place. Et en ouvrant la trappe où j'avais jeté mes souvenirs, la petite est revenue, elle attendait, l'oreille collée à la porte de mon existence. Elle faisait des bateaux en papier, jouait avec des noyaux d'abricot, sans jamais se plaindre. J'ignore combien ses silences ont traversé les miens, elle a eu la grâce de me laisser vieillir, de me laisser le temps d'aller la chercher pieds nus sur la passerelle. Je ne lui avais pas dit au revoir, je l'avais quittée et elle savait que je reviendrais, que je n'aurais d'autre choix que de déchirer le dais des nuits denses. J'ai longtemps cru que loger mon corps dans d'autres corps l'éloignerait, je l'offensais davantage. Même l'amour de Paul n'a pas suffi à l'étouffer totalement, j'entendais sa respiration par-delà les hublots, il restait encore un embrun d'elle. Elle avait pour moi cette patience obèse et intraitable. Je gardais partout où j'allais la mémoire de son corps, des intonations de sa voix et de son air à tomber.

Si j'entendais parfois les murs percés de cris, je mettais ça sur le compte du voisinage mais au fond, je savais la petite qui appelait. J'avançais jusqu'à elle sans jamais pouvoir l'atteindre, j'avais sur la rétine un voile de tulle accroché à une branche, flottant dans le vent.

Je distingue déjà un peu ses traits, même si elle est encore loin, longeant cette plage, dépassant les cabines de bain. Elle est comme je m'en souviens sur ce polaroid pâlissant, un râteau et une pelle à la main. Avec Vincent, j'inverse les saisons, je pars en voyage, il me vide de mes silences sans forcer les tiroirs. Et dans les mots qui viennent, puisque la vie sait des choses que nous ne savons pas, c'est elle que voilà, dans son petit maillot rouge retenu par un nœud sur les hanches, debout, devant moi, parfaitement nette.

Cette enfant, c'est moi, je viens te chercher.

Je m'appelle Mona, j'ai quarante-six ans, je suis en couple avec Paul depuis douze ans, j'ai trois enfants dont deux d'un précédent mariage, et il y a quelques mois j'ai rencontré Vincent. J'aime mon mari, qu'il s'endorme à mes côtés chaque nuit, en glissant sa jambe sous ma jambe comme une cale, qu'il gère le quotidien en sifflotant parce que cela ne lui pèse pas comme à moi, qu'il suspende son manteau à côté de mon manteau dans l'armoire et l'imprègne de son odeur, qu'il laisse ses chaussures près de la porte d'entrée à côté des miennes et de celles de Rosalie, j'aime l'homme qui m'a donné son nom, son temps, ses hivers, je l'aime ; et j'aime le temps que je passe avec Vincent, dont je ne sais presque rien et qui entre ici les mains nues.

La première fois que je l'ai vu, c'était l'été. Je m'étais inscrite à son cours de tai-chi, nous étions une dizaine à l'attendre dans la salle aux murs blancs, je me souviens d'un fond sonore d'aquarium, un léger clapotis de bord de mer comme sur les plages de la Côte d'Azur. La porte s'ouvre, laissant entrer les rayons du soleil sur le parquet, une explosion de blanc et de lumière, le voilà.

Je perçois d'abord sa démarche de félin, quand il se déplace dans la pièce ses pieds ne semblent pas toucher le sol, on croirait qu'il avance sur un escalator ou un tapis de mousse. S'il m'arrive de revoir ce moment où il entre dans ma vie, je l'assimile à un temps simple, comme de glisser sous une couette disposée sur un lit, dans une chambre fraîche. Il doit avoir une quarantaine d'années, son visage est doux, les traits sont fins, pas une beauté spectaculaire, je ne crois pas que je l'aurais remarqué dans d'autres circonstances et pourtant, le regarder me serre le cœur, sans trop savoir jusqu'où. Lorsque je pense à lui, des mois après ce jour, c'est bon comme de plonger dans une source claire. J'ai beau comprendre les flots et la foudre, j'ai beau sentir la force du courant qui m'emporte, je promène mon automne dans cet instant d'été, ces quelques secondes qui ont effacé la vie d'avant, là où j'avais pied, comme une gomme magique.

En sortant de son cours, le ciel était si bleu qu'il brûlait mon visage comme l'éclat d'une lame et j'entendais encore les mots qu'il venait de m'adresser, *j'ai l'impression de vous connaître*. Il me regardait de ses yeux bruns, dont je percevais les nuances pour la première fois, des petites touches de vert autour de l'iris, comme la peau d'un crocodile. Je n'ai pas su quoi répondre, j'ai répondu *merci, à bientôt*, et je suis partie au plus vite, comme pour fuir un drame ou éviter un accident.

Je suis rentrée à la maison, Paul était là, son regard s'éclairait de me voir revenir comme s'il était surpris chaque soir de mon retour, il n'a rien perçu de mon trouble, peut-être un étonnement, une intuition lointaine. Je crois qu'il s'est toujours dit que je disparaîtrais un jour, aspirée par une autre passion, enlevée par mon désir irrépressible de liberté, à cause de l'enfance sans doute, qui me roue le cœur comme des giboulées. Quand je rentre le soir, ça sent bon dans la cuisine, il prépare le repas, il vient vers moi avec ce joli tablier que je lui ai offert, un verre à la main, parfois un peu de sauce au coin de la bouche. Il prend mon sac, enlève mes chaussures, il est prévenant, attentif aux ombres qui apparaissent parfois dans mon regard. Il sait le chien qui aboie dans ma tête mais il ne sait pas pourquoi, il ne pose jamais de questions, personne d'ailleurs jamais ne m'en pose et je ne donne aucune raison à ces ombres lancinantes ; je n'ai jamais trouvé la force de trahir ce que je laissais croire jusque-là.

Lorsque j'ai rencontré Vincent, nous venions de déménager, nous vivions, avec Paul, dans des cartons remplis de linge brodé et de souvenirs, débordant de douze ans de vie commune. Chaque matin, on se levait, on s'embrassait, *tu as bien dormi*, *je te fais un café, j'irai chercher Rosalie à l'école, n'oublie pas la réunion des copropriétaires ce soir, à 18 heures.* J'aimais cette vie simple avec Paul, je dormais enfin tranquille, moi dont le cœur ne connaît pas le repos des transats. Il y avait du soulagement à être aimée ainsi, dans le calme des promesses tenues, loin du vertige, préférant depuis Paul la paix à l'étoupe. Cela faisait douze ans que je n'avais pas pensé à un autre homme qu'à mon mari, cela ne m'avait pas effleuré l'esprit. Avant Vincent, je n'avais aucune raison d'attendre un homme dans un café, de regarder mon téléphone vingt fois par jour, d'inventer des rendez-vous à la dernière minute, d'avaler des pastilles pour l'haleine, des capsules pour la peau. Dans ces histoires-là, dans celle-là en tout cas, rien n'a été prémédité, il arrive que des personnes entrent dans nos vies sans effraction, on a l'impression de les connaître depuis toujours, on peut tout leur dire et tout entendre d'elles. Peut-être passent-elles par nous, pour nous expulser de nous-mêmes et de nos hontes ? Je semblais forte comme un roc, j'étais fragile comme une nèfle, à cause de ce jour culminant, j'avais onze ans, qui aurait pu imaginer, mais ça on verra plus tard. Les choses auraient continué comme avant si je n'avais pas rencontré Vincent pour me revenir.

Durant la semaine qui me séparait de son prochain cours, je me suis surprise à l'imaginer dans ma cuisine ou assis à côté de moi à lire le journal sur le canapé. Je sentais ma vie devenir comme une danse rythmée au son d'une musique un peu timide, une minuscule éclosion dans les nimbes d'une nuit servile. Ce que je peux dire, c'est que je savais le bal fragile.

Je ne l'ai finalement pas revu la semaine suivante, un rendez-vous de dernière minute m'a retenue au bureau. Puis nous avons pris un train pour le sud de la France et rejoint la maison que nous louons pendant les grandes vacances.

Nous étions souvent quinze à table à s'extasier devant les plats que Paul passait la journée à préparer. Jamais il ne se plaignait des courses à ramener dans des caddies à ras bord, des vaisselles à laver, à ranger, des jours sans plage enfermé dans la cuisine. Lorsque nous rentrions, les cheveux collants, du sable plein le maillot, ça sentait le chocolat et les épices, il m'embrassait tendrement, me délestait des pelles et des seaux, étendait les paréos sur la corde tendue dans le patio, il sentait le gel douche, il mettrait la table bientôt.

J'ai passé l'été un peu distraite, Vincent revenait dans mes pensées, sans retentir. Je me préparais à le revoir, je traversais la saison sans résistance à cette idée de nos retrouvailles. Je ne savais presque rien de lui, seul cet élan. Parfois je me blottissais dans les bras de Paul, comme deux tuteurs. Dans l'arrondi de son épaule, le passé me laisse en paix. Il y a des années son amour a déferlé sur ma vie, et même si l'enfance ne connaît qu'une seule floraison, avec lui je me tenais debout.

C’était il y a douze ans, j’ai rencontré Paul un soir de réveillon, la fête battait son plein dans cet appartement parisien. J’entendais les bruits des verres qui s’entrechoquent et les talons qui piétinent, le brouhaha des conversations dérisoires, les bilans de fin d’année, des résolutions provisoires. Je l’ai vu à l’instant où je suis entrée dans la pièce parce qu’il s’est retourné et qu’il m’a souri comme s’il me disait *te voilà enfin*. Il y avait une femme suspendue à son cou, dans une robe rouge à volants, j’ai pensé à une ballerine à cause de son corps fin, m’évoquant la danseuse en tutu qui tourbillonnait autour de la barre, quand j’ouvrais, petite, la boîte à bijoux de maman. Il s’est approché de moi, il a dit *bonjour*, *je m’appelle Paul*, sa voix sentait le Sud, à vivre l’enfance dans des caravanes. Nous avons passé la soirée à parler, le monde s’agitait tout autour, dans un mélange d’euphorie et de tristesse, l’année se finissait et quelque chose pour nous commençait. Il se penchait vers mon oreille pour me murmurer des confidences, et dans sa voix je percevais déjà les paysages comme on en peint et des enfants qui courent au loin. Il portait une chemise dont les boutons retenaient péniblement son buste de bûcheron, c'est sans doute ça que j'ai perçu en premier, le corps immense et large. Ses gestes pourtant étaient délicats, presque fragiles.

Nous nous sommes revus, malgré janvier qui cognait aux tempes, malgré la ballerine. Ils vivaient ensemble depuis cinq ans, dans le deux-pièces qu'il avait acheté après la séparation avec sa femme. Elle ne lui avait pas laissé le choix, une rupture brutale, indécente, c'était fini, c'est tout, elle était tombée amoureuse d'un autre homme qui viendrait s'installer bientôt à sa place, il fallait vider les armoires, tourner la page. Il avait rencontré Marion dans un bar du quartier, quelques semaines après son emménagement, elle était d'une beauté renversante, ils étaient perdus tous les deux, leur histoire a démarré pour mettre fin à leurs solitudes, un pansement sur les plaies, pas encore le réconfort. Elle était ivre, il l'a portée jusque chez lui, l'a couchée tout habillée, et le matin ils se sont attachés.

Quelques semaines plus tard, il m'a proposé de nous revoir. Nous nous étions donné rendez-vous dans un café, quand je suis entrée il s'est levé, il m'a semblé lire dans son regard du soulagement. J'ai retiré mon bonnet, je le voyais détailler chacun de mes gestes, c'est la façon dont il me regarde qui m'émeut le plus, aujourd'hui encore, douze ans après ce premier rendez-vous. Plus tard, il me dirait combien son cœur s'était mis à battre quand je m'étais assise en face de lui, dans ce café avec cette robe minuscule, il avait pensé *c'est la femme de ma vie*. Il y avait dans ses yeux de la joie et me semble-t-il un peu de désespoir, comme s'il était heureux et épuisé déjà.

Il venait d'avoir quarante-quatre ans. Quand il avait rencontré Marion, il n'avait pas pris la mesure de sa détresse. Il avait détecté ses problèmes d'alcool lorsqu'ils s'étaient installés ensemble. Il essayait de l'aider mais il ne pouvait rien sauver de ce qu'elle noyait. Elle buvait tous les jours, parfois dès le matin, pas juste pour tremper les lèvres, elle buvait pour surmonter la douleur, ce lieu d'où elle vient à cause de ce père qui la frappait à coups de poing, à défaire l'articulation, à ébrécher sa peau de céramique. À seize ans, elle s'était enfuie avant la fin des rotules. Elle avait été mannequin mais l'alcool avait ravagé ses ambitions et déformé l'ovale de son visage. Elle avait ensuite été vendeuse puis serveuse, maintenant, en rentrant, il la trouvait dans le canapé, le regard vitreux, à fixer le téléviseur.

Pendant qu'il me parlait, je pensais qu'il n'y avait pas de place pour moi dans la vie de Paul, je ne voulais plus souffrir mais aimer, cela ne s'invente pas. Avec lui, j'avais envie de penser à l'avenir. Je lui ai raconté la rencontre avec mon premier mari, j'avais vingt ans et un corps qui attendait que ça commence ou que ça se termine, je n'ai jamais bien su, à l'époque en tout cas, s'il était trop tôt ou trop tard. Je ne pouvais pas m'accorder le temps de grandir, rendre à l'enfant la couleur des piscines, il fallait fuir de la maison, défaire l'étau. J'avais dit oui au premier venu qui voulait bien de moi, pourvu qu'il m'éloigne de ma famille, même à quelques stations de métro. J'étais à mes trousses, prête à partir à n'importe quel prix, même s'il fallait répéter l'histoire de maman, ce refrain de variété, même s'il fallait chaque nuit polir à la lime la pierre précieuse de ma jeunesse. Je n'avais rien d'autre à offrir que ma bouche et mon corps dans cette robe à corset en polyester satiné. Je savais le cortège bancal comme ce gâteau à quatre étages, j'ai tout laissé de moi dans le lit conjugal contre un trousseau de clés. Je croyais que ma mémoire était un lieu sans importance, je saurais plus tard qu'elle est une eau qui bout. Nous avons eu deux enfants. À trente-deux ans, j'avais émacié mes rêves jusqu'à en dépeupler mon existence tout entière, j'étais aussi perdue qu'une photo mal cadrée prise entre les pages d'un dictionnaire.

La nuit était tombée, il avait plu, les lampadaires éclairaient les trottoirs mouillés, brillants comme des marrons glacés. Il m'a dit *je dois rentrer*, j'ai pensé que j'aurais bien fait de la place dans les placards pour qu'il y suspende ses vêtements et posé un verre sur le lavabo pour sa brosse à dents, j'ai dit *moi aussi*. Nous nous sommes embrassés comme deux amis, en nous promettant de nous revoir. La semaine suivante, il m'a invitée à déjeuner, évidemment j'ai dit *oui, je n'ai rien de prévu demain*, j'aurais déplacé des montagnes pour retrouver ce parfum de réglisse mais j'ai dit *je n'ai rien de prévu demain*. En le retrouvant je me suis penchée vers lui pour l'embrasser, j'ai déposé mon manteau sur le dossier de la chaise, il me regardait discrètement, je le voyais pourtant me regarder.

Pendant des mois, nous nous sommes vus tous les jeudis après-midi, il venait dans mon deux-pièces, nous reprenions la chanson. Je revois le battement des jugulaires et la poussière de ses vêtements voleter dans l'air, à l'endroit de nos délivrances.

Et puis un jour, il a dit *je veux vivre avec toi*. Nous avons vendu nos appartements, trouvé un cinq-pièces, emprunté sur vingt-cinq ans. Jusqu'à présent, l'air est empli de notre bonheur, il a imprégné les lits de nos sommeils, les albums de nos photos, les saisons de nos étés, les nuits de nos bras, on est heureux, semble-t-il.

Je me suis assise sur le canapé en velours dans l'entrée, j'étais en avance, je voyais le hall se remplir des participants au cours de Vincent, essentiellement des femmes, habitués à se retrouver le mardi. Je me sentais brûlante, j'avais soif. Dans les toilettes, j'ai vu dans le miroir mes joues rouges comme deux énormes cerises, j'ai passé mon visage sous l'eau, je sais pourtant que rien n'arrête les incendies.

La porte du centre s'est ouverte, il est entré, il semblait chercher quelque chose ou quelqu'un, puis nos regards se sont croisés, son visage s'est éclairé, il s'est approché de moi, *vous êtes revenue*. Pendant son cours, il nous enseignait les mouvements pour libérer l'énergie vitale, nos gestes étaient calés aux siens, nous ondulions ensemble, nos bras et nos jambes semblaient flotter. Il se déplaçait dans la pièce avec une légèreté inouïe, comme un oiseau ou un guépard. Il était question de calme et de joie, de prendre conscience de ce que nous sommes. Je me sentais chavirer mais ce n'était pas un naufrage. S'il y a un mot pour dire ce sentiment, je ne le connais pas.

À la fin du cours, je me suis engouffrée dans le vestiaire, sa voix cognait dans mes tempes, me brûlait le ventre. Je me suis changée à toute vitesse, prise dans l'urgence de m'enfuir, de me retrouver à l'air libre, de m'échapper de mon corps. Je me suis dirigée vers la sortie, la robe à peine reboutonnée, le manteau ouvert, les bottines délacées. Il était devant la porte, adossé au mur, à discuter avec une élève. Tout démasquait mon émotion. Il m'a demandé *le cours vous a plu ?*, j'ai remarqué une petite coquetterie dans son regard, il avait des sillons autour des yeux comme des rayons de soleil, je ne pouvais articuler un mot. De près, il avait un charme fou, une grâce presque féminine, cette chose indéfinissable qui peut changer le sens du vent. *Oui, c'était très bien, merci, je dois partir, je suis pressée, pardon, merci encore*, je me suis jetée dehors, j'ai couru dans l'allée pavée jusqu'à la rue, je me sentais en cavale, à cause de mon cœur braqué comme un distributeur de billets.

Arrivée en bas de chez moi, j'ai posé mes affaires par terre, je me suis assise sur les marches de l'escalier, j'ai repris ma respiration pendant quelques minutes, je serais restée là des heures, je revenais à la maison mais je ne revenais pas à moi. Puis j'ai appelé l'ascenseur, devant le miroir j'ai arrangé mes cheveux et ma robe, j'ai remis mardi avec mardi, passé ma main sous les yeux pour retirer le fard qui avait coulé, je retrouvais un peu cette apparence normale, une femme normale, et j'ai sonné à la porte, en ébullition. La nuit, j'ai réalisé que Paul et moi, nous nous étions usés à être à la hauteur de nos engagements, nous avions tant souffert avant de nous rencontrer qu'on n'osait plus bouger. Chaque matin avait avalé notre vie, épuisé notre crédit, avait remplacé la jeunesse par la maturité, transformé nos siestes en repos compensateur, fini les regards brûlants dans le lavomatique. Paul dormait à mes côtés et je pensais à Vincent, c'était plus fort que moi, j'ai erré avec lui dans des chambres d'hôtel, sur des bancs publics, sur des routes de campagne, dans des champs de blé. Dans le noir je le voyais, au matin je le voyais, je le voyais dans les saisons qui s'éteignent, dans les jours qui rallongent, il partait il prenait le soleil avec lui.

Au bout de six ans de vie commune, Paul m'a demandée en mariage. Nous nous sommes mariés fin septembre, je portais une robe en crêpe de soie presque blanche, un morceau de tissu coupé en biais et sans doublure, juste quelques fronces aux épaules pour le volume. Cette robe couvrait la fin de la peine qu'aucun artifice n'avait apaisée jusque-là. Nous avons gravi les marches du grand escalier baigné de lumière jusqu'à la salle des mariages. À cette époque, je voyais encore ma mère. Elle était là, assise au bord du banc, prête à s'échapper s'il le fallait, comme toujours. Elle s'était fardée maladroitement, les lèvres trop rouges, le fond de teint inégalement étalé débordant par les plis autour de la bouche et aux coins des yeux, la couleur de son visage contrastant avec celle de son cou. Elle avait mis du bleu sur les paupières jurant avec son tailleur d'un autre bleu, le mascara avait coulé d'un côté seulement, elle avait le regard perdu, une fois de plus.

Mon père, ce jour-là, était probablement chez lui dans l'appartement que ma mère avait fui quand elle l'avait quitté. La dernière fois que j'y suis venue il y a vingt ans, le papier peint gondolait dans l'entrée, les motifs de fleurs s'étaient estompés, le canapé avait perdu son bombé, même les aiguilles de l'horloge dans la cuisine avaient renoncé à tourner pour rien. Çà et là étaient restées les cicatrices d'un clou arraché, emporté par ma mère avec la relique qu'il soutenait, une reproduction bon marché de la Vierge à l'enfant, une vieille assiette murale en porcelaine, rien de conséquent. J'ignore si mon père a su que je me remariais, maman a sans doute dit *tu sais qu'elle se remarie*, mais ça ne lui aura fait ni chaud ni froid.

Des fois je me demande s'il est toujours en vie, et puis j'oublie.

Je vivais désormais au rythme des mardis et je me préparais à cette séance de tai-chi comme pour un rendez-vous, je repassais par la maison pour me coiffer, remettre un peu de poudre sur mes joues, changer de pull ou de chaussures. Sur le chemin, je me répétais les réponses à des questions qu'il me poserait peut-être, ce qui, je l'espérais, m'éviterait de bafouiller ou de rougir. C'était peine perdue. Dès qu'il entrait dans mon champ, je pensais *ralentis*, c'était une déflagration, comme de naître, comme soudain la peau pâle d'une épaule.

Pendant le cours, je me laissais distraire, j'évaluais son corps sous l'ampleur des vêtements, j'imaginais son odeur, un mélange de verdure et de bois, peut-être la campagne, quelque part en Italie. Tout ce que disait Vincent semblait m'être adressé. Il parlait de créativité, d'enfance, il était question de l'importance de bien respirer, de laisser l'air entrer, sortir, de reprendre son souffle. Un jour, il a pris mes poignets et doucement a dessiné un huit dans l'air, de gauche à droite, c'était une danse lente, presque érotique. Cela a duré quelques secondes, je sentais sa force me traverser.

Une fois le cours terminé, j'ai filé jusqu'au vestiaire. J'ai essayé de reprendre ma respiration, j'ai ajusté mon pull devant la glace, attrapé mon manteau et mon sac dans le casier. Vincent était au bout du couloir, je crois qu'il m'attendait. Il souriait comme s'il voulait m'annoncer une bonne nouvelle. J'aurais voulu poser ma tête sur son épaule, qu'on en finisse. *Je vous laisse mon téléphone*, m'a-t-il dit en me tendant un bout de papier plié en deux, *appelez-moi*. J'ai glissé le papier dans ma poche, j'ai pensé à ce jour, j'avais quatorze ans, c'était la première fois qu'un garçon m'invitait au cinéma. Quand la lumière s'est éteinte et que le film a commencé, j'avais le cœur comme un cheval fou, pareil qu'en cet instant. Et quand il a enfin posé sa main sur la mienne, rien ne pouvait plus arrêter mon cœur qui galopait. J'ai regardé Vincent dans les yeux pour la première fois sans me détourner, j'avais l'impression de retirer une grosse couverture, un drap de laine dont la chaleur m'accablait, j'aurais voulu être capable de désinvolture, je crois que j'ai souri, peut-être à cause du soulagement, c'était comme une vanne qui s'ouvre, un torrent qui se déverse. *Je le ferai*.

Le lendemain, j'ai eu envie d'une nouvelle robe. Dans la cabine d'essayage, je me suis dit que je mettrais cette robe lorsque nous nous reverrions. Elle était simple, rose pâle, ceinturée à la taille, longueur genou, parfaite pour un premier rendez-vous. J'ai dit à la vendeuse qui s'inquiétait derrière le rideau, *je la prends*.

Il faisait doux, c'était l'automne. Je n'irais pas travailler ce matin, j'ai appelé au bureau, j'ai dit à mon assistante de reporter à la semaine prochaine la réunion avec nos clients qui avaient confié à mon agence l'agencement et la décoration de leur hôtel particulier, nous avions de toute façon à retravailler les plans, reprendre les cotes pour l'extension de la baie vitrée, rien ne pressait.

Je me suis arrêtée dans un café en bas de chez moi, je me sentais incapable de lire ou de téléphoner, j'avais envie de ce temps calme, juste avant les premiers mots. Je sentais le papier plié dans ma poche, je l'ai pris dans ma paume et j'ai gardé longtemps le poing fermé. Puis j'ai déplié mes doigts, je les ai glissés sur les chiffres, il avait écrit *Vincent* et son numéro d'une écriture nette, précise, j'y trouvais la même détermination que son injonction, *appelez-moi*, la pointe du stylo avait presque perforé le papier, j'entendais *prenez-moi, emmenez-moi*, j'entendais *je t'attends, je te veux*. Je suis restée une demi-heure à imaginer son téléphone sonner, peut-être sa messagerie, qu'il décroche ou non ma voix tremblerait. Je lui dirais *bonjour, j'espère que je ne vous dérange pas* puis un silence, il y aurait cet embarras sauvage qui m'empêcherait d'être enjouée, légère, à cause de ce que je sentais déjà pointer comme sur la tige d'une rose. J'ai pris un autre café, vidé la carafe d'eau, demandé l'addition. Le reste, c'était encore trop. J'ai rentré le numéro de Vincent dans mon téléphone, à midi j'ai pensé que je l'appellerais dans l'après-midi puis l'après-midi je me suis dit qu'à 6 heures ce serait plus simple, et en début de soirée j'ai remis au lendemain. Toute la nuit, j'ai attendu le matin en me disant que je l'appellerais à la première heure. Le matin, comme la veille, je n'ai rien pu faire.

Plus tard, Rosalie faisait ses devoirs sur la table du salon, elle apprend à lire, je l'ai aidée, *Pa-pa a une mo-to, Ma-man fait des gâ-teaux*, Paul est venu s'asseoir à côté de nous, il m'a pris la main, il a dit *qu'est-ce qui te ferait plaisir pour le dîner ?*, Rosalie a dit *des coquillettes avec du jambon*, de mon côté je n'avais pas très faim. On avait du temps avant le dîner, il faisait encore jour, j'avais envie des rues et de la foule, me perdre encore un peu dehors, là où il restait une possibilité d'entendre sa voix dans mon tympan, si je me décidais enfin. Il m'a soudain semblé inconcevable d'attendre une nuit de plus, les yeux ouverts, à tourner dans le lit. Alors j'ai remis mes chaussures, j'ai dit à Paul que j'allais faire trois courses, dans l'ascenseur j'ai écrit *bonjour Vincent, voici mon numéro si vous avez envie qu'on prenne un café*. Je me suis sentie délestée d'un inutile fardeau, j'ai choisi cinq belles tomates et du basilic en pot chez le primeur, je souriais comme si on venait de m'annoncer une nouvelle que j'attendais depuis longtemps. Au moment de payer, mon téléphone a vibré : *avec plaisir, demain 19 heures, vous me direz où ?*

Quand je suis rentrée, la table était mise, les assiettes blanches à bords dorés disposées avec soin, le pain tranché dans la corbeille. Paul attendait mon retour pour lancer les coquillettes, six minutes pour une cuisson al dente. J'ai coupé les tomates en rondelles, la burrata avec précaution, les feuilles de basilic, et arrosé la salade d'une rasade d'huile d'olive dont le parfum était si intense qu'un temps il m'a piqué les yeux, mais peut-être que ces larmes venaient d'ailleurs.

Je n'ai pas dormi de la nuit, le sommeil me prenait par intermittence comme un temps capricieux, entre deux éclaircies. Toute la journée, j'ai ressenti une sorte de vertige au fur et à mesure que l'heure avançait, j'ai essayé de dessiner un peu, mais rien ne venait, j'ai remis à plus tard les appels importants, laissé en non lus les mails reçus. À midi, j'ai appelé Paul pour lui dire que j'irais chercher Rosalie à l'école et que j'avais rendez-vous à 19 heures avec un nouveau client, je ne pouvais pas décaler.

J'ai quitté mon bureau à 15 heures, le ciel ressemblait à la surface d'une piscine qu'aucun corps n'aurait traversée. Je connaissais un café à la devanture

Art déco, à quelques pas de chez moi, il avait la patine surannée du bistrot parisien avec ses tables rondes bordées de laiton et ses banquettes en cuir doré. Les tentures en velours rouge conféraient au lieu un charme authentique, la terrasse chauffée qui donnait sur une petite place, à l'abri de la circulation, serait idéale en fin de journée. J'ai écrit *Retrouvons-nous au Café de l'Espérance, 8 rue Drouot*, j'ai effacé *retrouvons-nous*, j'ai ajouté *à tout à l'heure*, mais sans verbe le ton était trop sec, j'ai remis *retrouvons-nous*, j'ai enlevé *à tout à l'heure*, j'ai ajouté *à 19 heures*, *Retrouvons-nous au Café de l'Espérance, 8 rue Drouot, à 19 heures*, j'ai appuyé sur envoyer, en pensant à ce *nous* si fragile. Ce *nous*, je peux y passer des hivers et des traversées en mer.

À 18 heures, Paul est rentré, il semblait fatigué. Je lui ai servi un grand verre d'eau fraîche. Il m'a raconté sa journée sans que je sois en mesure d'y prêter totalement attention, les journées étaient longues au bureau, il se demandait parfois s'il n'aurait pas dû faire les beaux-arts plutôt que de choisir la même voie que son père, chargé de recherches en neurosciences. À dix-huit ans, il était monté à Paris, pour étudier la neurobiologie. Il était sorti doctorant, faisant la fierté de ses parents, oubliant ce que son cœur d'enfant, qui rêvait de fusain, d'encre et d'aquarelle, disait à son cœur d'adulte. Il avait rangé ses crayons et son rêve sans se plaindre, comme on éteint la flamme d'une bougie, comme on ruine une existence ; de temps en temps, lorsque nous faisions une expo, il ressentait des picotements au bout des doigts et peut-être un peu d'amertume. Avec le temps, j'ai appris à lire dans ses silences.

19 heures approchaient, je me suis changée dans la salle de bains, j'ai passé ma nouvelle robe, lacé mes bottines. J'ai embrassé Rosalie, Paul m'a accompagnée jusqu'à la porte, serrée dans ses bras une dernière fois.

Dans le miroir de l'ascenseur, j'ai essayé d'atténuer le rouge de mes joues, mon front perlait légèrement à la racine de mes cheveux, je me sentais fébrile. J'avais beau voir le visage de Paul qui me regardait partir par la fenêtre de la cuisine, j'avais beau tout savoir de nous, de cet empire d'amour, je partais là-bas, vers lui, sans rien savoir de lui, à cause de ce cheval au galop. Je m'échappais de ce que nous étions, je plongeais malgré la baignade interdite, je rallumais la lumière d'une chambre fermée à clé, au bout d'un couloir long comme l'habitude.

Il faisait encore jour, je marchais à renverser les marronniers, chaque pas me gorgeait d'oxygène, des perles d'endorphine maintenant, un collier de perles sur ma poitrine. J'ai ralenti sur les cent derniers mètres, je voulais rester quelques minutes encore avant l'après, quand alors je saurais précisément cette pépite de vert infusé au fond des yeux. J'apercevais les néons de l'enseigne, plus que quelques pas vers mon rendez-vous, j'avais rendez-vous.

Vincent n'était pas à l'extérieur, je suis rentrée dans le café, toutes les tables étaient prises, au comptoir des hommes trinquaient bruyamment, une promotion peut-être, ou du désarroi. À l'extérieur, une table s'était libérée sur la terrasse. Le serveur est arrivé, j'ai commandé une eau plate avec une rondelle de citron, il m'a dit *vous êtes bien raisonnable*, j'ai souri évidemment. Vincent venait de garer son scooter sur le trottoir d'en face, il a enlevé son casque, s'est regardé dans le rétroviseur. Quelques secondes seulement nous séparaient. Il portait un pull de mi-saison, sur lequel j'ai entrevu un petit cheval brodé à l'endroit du cœur, un cheval au galop encore.

Il a posé sa veste sur le dossier de la chaise, il m'a semblé apercevoir un morceau de papier rose agrafé à l'étiquette de la marque comme sur un vêtement sorti du pressing.

— Vous savez, je n'ai pas l'habitude de voir mes élèves en dehors de mes cours.

Il m'a regardée de cette façon qu'il a de me regarder depuis toujours, comme on perce la peau pour y tatouer une libellule. Je lui ai demandé s'il habitait près d'ici.

— J'habite en Ardèche, une grande maison avec des pommiers, un cerisier, des saules pleureurs. Je viens à Paris trois jours par semaine et je retourne à la nature, près de ma femme et de mes fils. Ils ont quatorze et douze ans. Vous avez des enfants ?

— J'ai deux fils de vingt-trois et vingt ans nés d'un premier mariage, et puis Rosalie que j'ai eue avec Paul, elle est à l'école primaire, elle a six ans.

— Quand j'ai rencontré ma femme, en rentrant des États-Unis, j'avais à peine vingt ans. Avant de me lancer dans la pratique du tai-chi, j'ai étudié le piano, à Boston, je voulais composer. En venant, je me suis demandé quel métier vous faisiez, j'ai pensé que peut-être vous travailliez dans la mode.

— Je suis architecte d'intérieur.

Il a marqué une pause, nous savions maintenant l'essentiel, il me semblait que nous avions fait le plus dur, ouvrir la porte, écarter les rideaux, pousser les meubles, laisser le passage.

J'ai observé ses mains posées sur la table, des mains fines, quelques taches de rousseur, des mains de pianiste, j'ai fermé les yeux une seconde, j'ai imaginé une vie. Le serveur s'est approché de nous, il a dit *je n'ai pas osé vous déranger*, pressentant un moment sacré, j'ai pensé que lui aussi il aimerait bien avoir un rendez-vous avec une femme, la regarder sans pouvoir se détacher d'elle, comme on se regarde aux commencements, dans les menus détails, j'ai compris à son sourire comme une mélancolie, que ça ne lui était pas arrivé depuis longtemps d'être attendu quelque part, d'attendre quelqu'un, lui qui voyait si souvent des couples en devenir, il les reconnaissait à leur manière de se tenir, de ne pas s'encombrer du téléphone ni du climat, peu importe qu'on cherche à les joindre ou qu'il se mette à pleuvoir, tout ça n'a plus d'importance, seuls ces yeux-là, seules ces mains-là et ces guerres à oublier.

La nuit tombait, laissant comme un enduit mat sur le ciel bleu marine.

Vincent habitait une belle bâtisse qu'il avait patiemment restaurée, posée sur un grand terrain. Derrière la maison se dressait une magnanerie. Au début, avec sa femme, ils avaient le projet d'en faire une maison d'hôtes. Ils avaient quitté Paris pour aller vivre à la campagne, pour oublier, espéraient-ils, leur désir d'enfant.

— On vivait ensemble depuis douze ans quand on a décidé de quitter Paris. On désespérait d'avoir un bébé, toutes nos tentatives avaient échoué, on était jeunes pourtant, à peine trente-quatre ans quand on est arrivés dans un petit village de l'Ardèche. Et puis ma femme est tombée enceinte, quelques semaines après notre arrivée. On était fous de joie.

Mes fils sont nés à deux ans d'intervalle, on a abandonné le projet de faire de la magnanerie une maison d'hôtes, financièrement on n'en avait plus les moyens. Ma femme enseigne l'anglais dans une école à Montélimar et j'ai repris mon activité sur Paris, ce qui m'oblige à de fréquents allers-retours en train.

Je n'ai pas osé demander où il dormait à Paris, le reste du temps, peut-être dans un studio sous les toits ou chez un ami. J'aimais sa voix, ferme sans la suavité de ceux qui veulent séduire, cette tentation de miel que je reconnais à la première intonation. Il se livrait sans retenue ni malice, il était lui déjà, ce que je saurais de lui, ce soir-là je le savais déjà. Nous faisions connaissance, nous surplombions nos vies, il me laissait regarder la campagne, les pommiers et le bois coupé. Je retiens ces quelques images, de vert et de bleu, de mousse tendre, des plaines et des vallons qui mènent à son village. Puis, le train qui le ramène à Paris et l'effervescence de la ville, il donne des cours du matin au soir, à des particuliers ou dans des entreprises, pour les employés de banques ou de grands groupes qui ont besoin de déconnecter, il leur apporte son savoir et son sourire, peut-être un peu des champs qu'il a laissés hier, et pendant une heure ils quittent les tableurs et les marges, les contrats à négocier et les seuils de rentabilité. Vincent remet de la poésie et du souffle dans les vies éreintées, un interlude de soixante minutes pour tenir debout. Du lundi au mercredi, il sillonne

Paris et sa banlieue en scooter, par tous les temps, souvent dès l'aube.

J'avais l'impression en l'écoutant de traverser des champs de tournesols ou de maïs, des sentiers et des rivières à brochets charriant des galets d'or, j'entendais les crissements des grillons et des coquilles d'escargots, mon corps était traversé de picotements, une pluie de pointes.

Le serveur allait et venait, servait et desservait les tables, je le voyais s'agiter dans le ballet des plateaux tenus à bout de bras, *j'arrive* quand on le hélait, *l'addition s'il vous plaît*, attentif à chacun. J'écoutais Vincent parler, ce flot de paroles comme un torrent, c'était une résistance qui se brisait, je l'écoutais, m'arrêtant sur les sourcils clairs, le pli au coin de la bouche comme deux guillemets, le front volontaire. Et toujours ses mains qui balayaient l'espace, bougeant avec la voix, des mains à lisser les écailles des poissons, à faire plier les épines du houx. Il était maintenant à contre-jour, la lumière accentuait les reliefs et les bombés, que venait faire cet homme ici, épuisé par ses journées et qui me donnait à voir ses panoramas ? J'ai aperçu un grain de beauté sur sa paupière droite, un autre sur l'ourlet de sa lèvre, d'autres ici et là comme des marguerites sur une pelouse et je reliais ces points tels des chiffres à la recherche d'une forme, d'une fleur ou d'un ours. Autour de nous, les gens avaient mangé, bu, réglé la note, les banquettes se vidaient, nous étions les derniers sur la terrasse, je voyais la soirée avancer, d'habitude à cette heure je dors depuis longtemps, mais rien n'était plus comme avant.

Le serveur a posé l'addition sur la table, *nous allons fermer, il est 1 heure du matin*. Nous nous sommes regardés sans comprendre, nous n'avions pas vu le temps passer.

Je suis rentrée à la maison, pleine de sa voix qui résonnait encore comme un écho au loin. J'ai passé la clé dans la serrure de la porte, elle était fermée à double tour, je l'ai ouverte doucement pour éviter le moindre grincement, j'ai retiré mes chaussures et me suis glissée pieds nus dans l'entrée. Cela m'a rappelé quand, à dix-huit ans, je rentrais chez moi et que je priais pour ne pas réveiller mon père et subir ses assauts parce que ce n'est pas une heure pour rentrer ou quelque chose comme ça.

Je me suis déshabillée dans la chambre, Paul avait laissé une veilleuse, sûrement pour que je ne me cogne pas, j'ai posé mes vêtements à même le sol, ça n'avait pas d'importance, pas plus que de me démaquiller ou de me brosser les dents, je voulais rester dans ce temps avec lui, je verrais après le sommeil, je pourrais peut-être tout défaire demain.

Il a fait beau pendant toute la semaine, chaque matin irradiait d'une lumière intense, les feuilles des arbres qui jonchaient le sol craquaient sous les pas, séchées comme des rondelles de pommes au four. De temps en temps, je repensais à ses mains, je n'avais pas osé lui demander s'il jouait encore du piano.

Le mardi suivant, je suis allée au centre pour assister à son cours, trois jours avaient passé, nous ne nous étions donné aucune nouvelle. Je me suis changée dans le vestiaire et j'ai attendu, assise sur le banc de bois blond en face de la salle, qu'il arrive. Ce jour-là, j'ai commencé à écrire, je savais déjà que je ne voulais pas cet homme pour passer du bon temps dans une chambre d'hôtel, qu'il me divertisse avec son corps, qu'il me distraie de temps à autre par des anecdotes ou des souvenirs, non, j'allais quelque part sans savoir où.

Je suis partie tout de suite après le cours, juste le temps de retirer mon tee-shirt et d'enfiler ma robe, j'ai jeté mon manteau sur mes épaules, j'habite à cinq minutes, je n'aurais pas le temps de prendre froid. La nuit était tombée, la ville s'agitait et je pensais *encore cinq minutes et je rentre*, ma fille devait me guetter dans son lit, à respirer son doudou, Paul aurait laissé la lumière allumée de sa chambre jusqu'à mon retour, et sans doute un plat au chaud au cas où j'aurais un peu faim. Puis j'ai pensé à Vincent, que sûrement il m'attendait en faisant la conversation avec une élève, les yeux rivés sur la sortie des vestiaires. Je suis retournée au centre en courant. J'ai dit à la dame de l'accueil que j'avais oublié mon écharpe dans mon casier, elle a souri mais ça n'avait pas d'importance, qu'elle me croie ou non m'était bien égal, *dépêchez-vous, j'allais fermer, il n'y a plus personne*. J'ai poussé la porte des vestiaires, ça sentait la transpiration et le linge mouillé, face au miroir j'ai retiré un peu de khôl qui avait coulé sous les cils avec le revers de ma main. La dame de l'accueil avait mis son blouson, elle s'est excusée, elle était pressée ce soir, c'était l'anniversaire de sa fille, elle ne voulait pas être en retard. Dehors, il pleuvait à verse maintenant, je me suis abritée sous le porche pour attraper mon parapluie au fond de mon sac, quand j'ai aperçu Vincent sur le trottoir d'en face, son casque à la main, le corps calé contre la porte d'entrée d'un immeuble dont le retrait ne le protégeait qu'à moitié. Quelques mètres me séparaient de lui, je l'ai observé un instant sans qu'il me voie, j'aimais la façon dont il se tenait, on aurait dit un enfant dans son anorak noir, la capuche relevée, une main dans la poche.

L'eau roulait sur la chaussée, j'ai traversé comme si j'étais poursuivie par un feu ou la lave. Il a tourné la tête vers moi, il est descendu de la petite marche du perron, il a posé son casque par terre. Ses bras ont accueilli mon corps lancé contre le sien, peu importe la robe trempée, les cheveux collés aux tempes, le maquillage perdu, l'air d'une femme que rien ne retient, rien, ni ma fille qui ne voudra pas éteindre la lumière, elle m'attend dans son lit en bâillant je le sais, ni le réveil pour l'école demain, ni mon mari qui se demande si tout va bien en regardant par la fenêtre, à chercher ma silhouette dans la lumière des réverbères. Ma tête est venue s'enfoncer dans le plastique brillant de l'anorak, j'ai pensé au rebond d'un trampoline, l'eau coulait dans son cou et inondait mon front, il a poussé les cheveux de mon visage et m'a demandé si j'avais faim.

J'ai écrit un message à Paul, *Ne m'attends pas, je reste au centre, une petite fête est organisée ce soir, ce sera l'occasion de rencontrer des gens nouveaux dans le quartier, je ne rentre pas tard.*

J'ai proposé qu'on aille en bas de chez moi, on y mange bien. C'était un restaurant joliment décoré, toujours bondé dès 18 heures, où l'on attendait avec une sangria autour du comptoir en zinc qu'une table se libère. En arrivant devant, je n'ai pas levé les yeux vers les fenêtres de la maison. Au serveur qui nous accueillait, il a dit *nous sommes deux*, il a précisé *nous préférons plutôt à l'étage*, comme s'il connaissait les lieux. L'homme nous a installés en haut des escaliers, une petite table sans voisins, légèrement en retrait, il a dit *vous serez bien*. J'ai retiré mon manteau, j'ai senti ma robe mouillée qui collait par endroits à mon corps, j'ai frotté mes mains sur mes cuisses pour me réchauffer. J'ai pensé à mes cheveux en bataille, à leurs pointes humides, à mon maquillage qui avait coulé encore, j'ai passé les deux mains sur mon visage comme on lisse un drap sur le lit pour atténuer les plis.

Mon téléphone a vibré dans mon sac, Paul avait dû prendre connaissance de mon message, cela le tranquilliserait de me savoir au chaud, plutôt que sous l'averse. Pendant un instant, j'ai imaginé qu'il s'était déshabillé, qu'il avait préparé ses affaires pour demain, jeté sa chemise dans le bac de blanc.

Tout s'estompait autour de nous, la musique de fond, les allées et venues des serveurs, il ne restait qu'une table et deux chaises dans une bulle translucide et moirée, impossible à perforer.

Nous avions poussé les verres et la corbeille de pain pour mettre les plats au centre de la table afin de pouvoir partager, et nous piochions dans les assiettes parmi les mets disposés avec soin, ceviche de daurade, navets vinaigrés, sarrasin croustillant. Il avait faim, je le regardais piquer les aliments et les porter à sa bouche avec tant de ferveur que j'ai détourné les yeux.

Au serveur, il a dit *on va prendre un dessert*, avec un air gourmand.

— Ce soir, nous vous proposons des choux chantilly, un paris-brest ou un moelleux chocolat-orange.

— On prend ce que tu préfères.

J'ai opté pour le moelleux au chocolat, le paris-brest, évidemment, c'était impossible pour moi, le gâteau préféré de mon père. Il me remontait des souvenirs comme des relents, j'avais encore en bouche le goût d'une crème grasse et compacte de beurre pommade grisâtre dans laquelle il laissait l'empreinte de ses dents, je le revois tentant de faire entrer la torsade de crème pralinée épaisse et les deux couronnes de pâte à choux dans la mâchoire béante, le tout englouti sans mastiquer, directement dans l'œsophage. Chaque samedi, après l'école, j'allais en courant lui acheter avec l'argent de poche que maman me donnait, quatre francs par semaine, un paris-brest à la boulangerie Saber, à l'angle de la rue Jules-Guesde et de la rue Suzanne-Buisson. Je lui tendais le gâteau que la boulangère avait délicatement emballé dans le papier plié en forme de pyramide, il prenait cet air surpris comme toutes les semaines, je minaudais un peu, tant pis pour les sucres d'orge et les chewing-gums au cola, j'avais laissé sur le comptoir de quoi m'offrir un instant de répit.

Vincent ne pouvait pas comprendre pourquoi les traits de mon visage s'étaient tendus, je refusais de laisser cette anecdote m'embarquer ailleurs que dans ce coin de ciel avec lui même si, au fond, la simple évocation d'une pâtisserie bretonne pouvait me laisser traversée par une lame de silex.

— Un moelleux au chocolat et deux cuillères.

Je lui ai demandé où il avait grandi, je voulais empêcher mon esprit de vagabonder à Bondy sur la bande d'arrêt du périphérique.

Il était le petit dernier, le fils de la famille en qui le père avait placé tous ses espoirs pour reprendre le garage familial qu'il avait lui-même hérité de son père, un fou de mécanique qui, après avoir fait commerce de cycles, s'était lancé dans l'automobile et avait fondé avec toutes ses économies son garage, rue Pierre-Galais, à Ivry-sur-Seine.

Le père de Vincent avait d'abord été mécano, il était du matin au soir les mains dans le cambouis, à désosser les machines, à jongler avec les subtilités des amortisseurs, à étudier les différences des systèmes d'embrayage, puis il avait repris l'activité de carrosserie-peinture, devenant expert en remodelage d'une aile ou d'un capot. À la mort de son père, au milieu des années 70, il avait fait du garage une concession Lada, l'enseigne russe jouissait alors d'une solide réputation, et l'homme qui ne comptait pas ses heures voyait sortir au milieu des années 80 jusqu'à quatre cents voitures par an. Le quartier ressemblait alors à une fourmilière avec ses usines, ses ouvriers et ses cafés, le garage attirait toute la classe populaire qui pouvait s'offrir un 4 × 4 familial Niva pour quarante mille francs, Vincent avait treize ans, le père était tranquille, la relève assurée. Mais l'enfant écoutait Chopin et Bach, il se rêvait pianiste et détestait l'odeur des pneus. Leurs relations s'étaient tendues, le père voulait le fils comme un homme, en bleu de travail, les ongles noirs, à tordre des moteurs. Il se moquait bien de ces histoires de symphonies qui le traversaient chaque nuit, il pensait que ça passerait, une lubie d'adolescent, de trilles et de tierces, rien d'autre. Mais Vincent, chaque jour, passait plusieurs heures au piano que les anciens propriétaires avaient laissé dans l'appartement, à apprendre, à l'oreille, les notes comme des fleurs pour en faire un bouquet en *fa* mineur.

Dans les années 90, les Lada ne se vendaient plus, les cafés et les usines ont fermé, Vincent évitait son père, il n'en pouvait plus de ses emportements, le père devenait fou, il aurait voulu arracher les touches de l'engin, que le fils n'oublie pas d'où il venait mais ce n'était pas la question, rien ne pouvait tarir cette rivière et sûrement pas la faire taire, lui il voulait dompter le silence.

Le serveur a déposé sur la table deux jolies assiettes à fleurs, le moelleux au chocolat parsemé d'éclats de pralines et une saucière en porcelaine contenant une crème anglaise. Je voulais savoir la suite, *raconte-moi encore*.

À l'époque, il rêvait de rentrer à Berklee, la meilleure école de musique au monde. Il a envoyé une cassette démo avec des morceaux enregistrés comme il a pu et une lettre de motivation. Il avait composé un air en superposant son rêve à celui de son père, imaginant un champ de blé à perte de vue, le souffle du vent sur le rideau d'épis fragiles, les tiges qui dansent comme une chevelure épaisse et blonde, un lent va-et-vient dans le calme du matin. C'était un adagio. Puis le morceau s'accélérait, cela ressemblait au vrombissement d'un moteur, le paysage s'assombrissait comme assailli de nuages gorgés de pétrole, la pointe des épis devenait noire, puis l'épi tout entier, puis la tige puis la terre comme une flaque de goudron collante, c'était une pluie noire et poisseuse qui s'abattait maintenant. Au loin, le champ n'était plus qu'une étendue dévastée sur laquelle était posé un petit bâtiment, l'enseigne clignotait faiblement, c'était le garage de son père.

— J'ai appelé ce morceau *Niva*, comme les Lada de mon enfance. Tu savais que *niva* ça veut dire “champs de blé” en russe ?

Nous sommes restés un instant sans parler, j'entendais chaque note et aussi chaque soupir, il me semblait que nous étions allongés sur une dune de paille, restes des fragments d'une moisson fertile, au milieu des chaumes et des grains broyés.

— J'ai tellement pleuré quand j'ai appris que j'étais admis, j'ai couru voir ma mère, elle était dans la cuisine, je la revois éplucher des pommes de terre, *maman maman*, elle s'est tournée vers moi avec l'économe à la main, l'air inquiet, elle a toujours au fond d'elle la peur de l'imminence d'un drame. *Je suis reçu maman*, elle a essuyé ses mains dans un torchon, j'aurais voulu la soulever et la faire tournoyer, lui enlever son tablier, l'emmener manger des huîtres ou une pizza quatre fromages mais on n'avait pas l'habitude des effusions elle et moi, je me souviens quand même qu'elle m'a embrassé avant de me demander si je restais dîner.

« Cinq semaines plus tard, j'ai pris l'avion pour Boston avec quelques affaires, on était en plein hiver, je n'avais rien prévu contre le blizzard, je portais une parka fourrée et un bonnet de laine achetés juste avant mon départ, j'avais mis dans ma valise quelques chaussettes molletonnées, deux ou trois pulls, une écharpe en mohair, c'était très insuffisant pour ces températures qui descendaient à moins dix dans la journée, mais je n'avais pas froid, un feu brûlait dans mon ventre, je venais d'avoir vingt ans, j'aurais pu marcher nu, ça n'aurait rien changé, j'étais si heureux, tempête ou pas.

Il se rappelait cette sensation, il allait rendre à la musique ce qu'elle lui avait donné, elle avait occupé ses nuits adolescentes et offert à ses jours la force de croire qu'il pouvait changer le sens des rivières, il se sentait comme à l'aune d'un premier baiser. Il avait demandé au taxi de le déposer devant l'école, *University of Berklee please*, avec l'impression de tourner sa langue dans la bouche d'une fille, c'était la nuit, tout était blanc comme si le ciel crachait de la poudre de sucre glace. Il avait marché jusqu'au premier hôtel qu'il avait trouvé, avait laissé les quelques dollars qu'il avait en poche à la dame de la réception, la chambre était sombre et les murs en carton, il s'est allongé sur le lit et s'est endormi tout habillé jusqu'au matin.

Les cours avaient commencé quelques jours plus tard, il avait juste eu le temps de s'installer dans la chambre d'étudiant que l'université réservait aux élèves boursiers, dans la résidence attenante à l'école. Il était sur un nuage, c'était sans doute trop beau, son cœur pulsait d'un bonheur inédit.

Vincent a bu un peu d'eau, il a repris du gâteau, croqué dans une praline.

— Mon père est mort quatre mois après mon arrivée à Boston, personne ne m'avait dit qu'il était malade et je n'ai pas osé demander quand la maladie s'était déclarée, je me souvenais qu'il toussait souvent et se plaignait de douleurs aiguës dans la poitrine, le médecin avait diagnostiqué une pleurésie et prescrit des antibiotiques, jamais il n'avait été question d'un cancer des poumons qui balaierait son existence en quelques semaines et bouleverserait la mienne du jour au lendemain.

J'ai reposé ma cuillère sur l'assiette délicate, je ne

pouvais détacher mes yeux de sa pupille, un soleil noir dans une clairière, avant la pluie. Vincent m'a souri comme pour me réconforter, il semblait me dire *tout va bien*, mais mon cœur se dérobait, j'ai eu mal soudain comme si j'avais été frappée à la poitrine ou écrasée contre un mur, je connaissais cette douleur, je la connais, elle ressemble au destin. J'imaginais ces années passées à apprendre, le corps dévoué à l'instrument, à chercher sur les touches d'ivoire quelque chose de l'ordre de l'envol ou de la prière, à lutter contre la volonté du père, à décevoir puisque la musique ce n'est pas un métier, tout juste une distraction, pour un homme un vrai.

Et puis un matin, la voix de la mère dans le téléphone, il est tôt mais tant pis, elle doit prévenir son fils, le père est mort dans la nuit, c'est fini. Elle dit *il faut rentrer Vincent*, il a pris le premier avion, dans la valise les vêtements jetés à la hâte, au milieu de la parka des pulls et des bonnets, les partitions annotées mais à quoi bon maintenant, il savait que le père avait emporté avec lui toutes les floraisons, toutes les sonates, tous les chants des oiseaux qui peuplaient sa vie. Il ne restait qu'une piscine vide, un ciel éteint, un silence immobile. Le printemps bruissait de bourgeons et d'impatience, il aurait préféré revenir dans le froid glacial de l'hiver, quand il n'y a rien à espérer et plus aucun miracle à venir, désormais seul germait en lui un vide insensé, son cœur était lesté de cailloux gris et ronds.

Il se revoyait le jour du départ, son père sur le seuil de la porte, sa mère à l'arrière-plan, le taxi allait arriver d'une minute à l'autre, il lui avait tapé sur l'avant-bras comme pour lui donner du courage ou s'en donner à lui-même, *à bientôt mon fils*, ils ne savaient pas trop comment se dire au revoir, ils avaient perdu le langage enterré sous une avalanche de pudeur, ça faisait des années qu'ils se croisaient sans se voir, dans les couloirs de la maison, sur le canapé du salon, qu'ils se parlaient sans rien se dire, à cause d'un chagrin muet ou d'un espoir déçu, leurs yeux ne se rencontraient plus, tout avait été verrouillé depuis longtemps, c'était l'ultime moment pourtant de faire se croiser ces parallèles sur le seuil de la porte, avant que le taxi emporte ce fils unique. Mais voilà, rien n'est venu, un signe de la main à peine. Après la mort de son père, Vincent n'a plus dormi pendant des semaines, chaque nuit la culpabilité venait s'asseoir dans son sommeil et dessinait des corbeaux, des loups peut-être, sur le plafond de la chambre. Ses rêves s'étaient volatilisés, à moins qu'il ne les ait enfermés dans son poing.

— Maman était perdue, trop de chagrin et de solitude, avec face à elle une étendue de temps et rien envie d'en faire. Ils n'avaient jamais vécu l'un sans l'autre, elle avait cinquante et un ans quand mon père est mort, elle n'a jamais refait sa vie, elle était belle encore, je ne lui ai pas connu d'autre homme, pas même de passage. Après l'enterrement, je suis resté avec elle, dans l'appartement au-dessus du garage, j'ai réintégré ma chambre, remis mes affaires dans les tiroirs, rien n'avait bougé depuis mon départ, ça sentait toujours la lavande dans les armoires et le thym quand je tirais les rideaux.

Au bout de quelques semaines, il avait enlevé le petit mot scotché sur le store métallique, *Fermé pour cause de décès*, avait collé à la place une pancarte *À céder*, ils n'avaient pas d'autre choix, les voitures stockées à défaut d'acquéreurs perdaient chaque jour de leur valeur, les traites s'accumulaient, et dans le garage ça commençait à sentir le moisi.

Sa mère ne pouvait se résoudre à vendre, c'était là qu'elle avait passé vingt ans de sa vie, là qu'elle avait embrassé son futur mari pour la première fois, sur le siège arrière d'une vieille Simca, là qu'elle le retrouvait à fouiller dans les capots, les nuits d'insomnie, c'est sur ce sol nappé d'huile et de pétrole que son fils avait appris à marcher, qu'il jouait à faire rouler les pneus comme des cerceaux géants. Il ne s'agissait pas juste de deux ou trois robes à jeter dans un carton, mais d'un pan de vie à emballer avec du scotch étirable.

Peu à peu, la mère était sortie de sa léthargie mais sur son visage se lisait une tristesse comme un gouffre, des lignes nouvelles creusées au pieu, minuscules et indéchiffrables, étaient apparues sur son front et dans les yeux, le voile fin d'une moustiquaire. Il arrivait à Vincent de la trouver le matin, dans la cuisine, le corps tourné vers la fenêtre. Sur la table, à côté d'une tasse de café froid, gisait la chair brune et flétrie d'une pomme à demi croquée, dans une assiette Arcopal. Elle regardait au loin ou dans le vide, ce néant où l'avait laissée son mari, elle y plongeait encore parfois, pieds nus sur le linoléum, en chemise de nuit à fleurs. Et à la voir ainsi, Vincent pleurait parfois lui aussi, comme un gosse, sans trop savoir sur quoi au juste.

— Le garage et l'appartement au-dessus ont été achetés par un promoteur pour une bouchée de pain, au bout de deux ans il a bien fallu accepter une offre même ridicule, enfin sortir d'ici, à défaut de passer à autre chose, se remettre à vivre. J'ai trouvé un petit trois-pièces dans le 19e arrondissement de Paris, dans le quartier où maman avait grandi, je l'ai aidée à vider les armoires, à jeter le superflu et tout ce qui retourne le cœur, bouts de papier pliés, agendas et calepins à peine entamés, polaroids à moitié effacés.

Ils avaient mis les vêtements du père dans de grands sacs en plastique, comme s'il s'était agi des restes de son corps, les os dissous dans les flanelles et les toiles de coton à carreaux, ne persistaient de son existence que des effluves d'hespéridée, de liquide ménager et de transpiration lointaine. Vincent avait refermé les sacs en silence puis les avait mis devant la porte, alignés comme de misérables tas de cendres. Ils avaient rangé les papiers administratifs dans un carton, les carnets de commandes, les cartes de visite, le petit panneau avec les horaires d'ouverture, l'enseigne en laiton Garage Doisnel, quelques cahiers griffonnés, des stylos publicitaires, il s'était dit en descendant le tout à la cave, *c'est si peu ce qu'il reste de nos vies*.

— J'ai loué un studio, à côté de chez ma mère, j'allais lui rendre visite souvent, le soir après le travail ou le dimanche midi. J'étais manutentionnaire dans un supermarché, le temps de me retourner, c'est là que j'ai rencontré ma femme. En plus de sa formation d'enseignante elle avait pris un poste de caissière à mi-temps pour pouvoir payer son loyer, elle venait d'arriver à Paris après un long chagrin d'amour, nous nous sommes consolés.

Puis il s'est tu comme s'il voyait passer les souvenirs entassés dans des wagons bien rangés. Il s'est servi un verre d'eau, il était un peu gêné. Avec la main, il a poussé le silence comme une poussière dans l'air, je lisais une fatigue nouvelle, en me racontant cette histoire du commencement il me donnait à visiter au-delà de la surface, derrière la fable des roses, les ronces noires et les orties.

Il a reposé son verre. Sans lever les yeux, il a dit *ça fait vingt-huit ans que je n'ai rien composé*. J'avais envie de le prendre dans mes bras mais je n'ai pas bougé, j'ai pensé à tous ces tiroirs remplis à ras bord de nos rêves qui enflaient enfant, dans nos têtes, ces rêves intacts qu'on a fini par plier dans des armoires en bois fermées à clé, bien à l'abri au milieu des taies d'oreiller et des traversins en lin, des rêves d'astronaute ou de danseur étoile, pour finir, sans ciller, gérant d'une station-service ou derrière la caisse d'un supermarché. J'ai réalisé combien nos vies étaient bâties sur des fondations fragiles, friables comme une pâte brisée. Moi, enfant, je voulais écrire. Pardessus tout, écrire.

Mais le matin de la naissance de mon frère, j'ai étouffé tous les mots entre la chair de mes cuisses, là où papa a glissé ses doigts, dans le sous-sol d'un pavillon de banlieue, j'avais onze ans, comment je suis censée oublier ce matin-là, ce tout petit pépin. Je ne serais pas écrivaine, pas plus que coiffeuse ou maîtresse d'école, je hâterais mon corps de grandir, je me pendrais à tous les bras comme à une corde, trouver à qui devenir indispensable, malgré sur mon front les tranchées. J'ai compris soudain ce que venait faire cet homme dans ma vie. Il m'a semblé être celui à qui je pouvais confier l'origine de tous mes errements. J'allais poser ce fardeau, cette fiction de moi-même que je traîne comme un vieux chiffon d'enfance. Il a demandé l'addition, et en boutonnant mon manteau j'ai pensé à toutes les trajectoires qu'il m'avait fallu prendre pour cette collision avec moi-même.

II

Cette nuit-là, je me suis réveillée en nage, le rêve était revenu, la petite aussi, sacrifiée aux haleurs. C'est toujours le même rêve, jamais l'oubli ne m'exile de ce corps inondé, à genoux sur la faïence aux turbans de calcaire. Je sais que l'enfant du rêve c'est moi, cette petite fille qui, après ce jour, a perdu le goût des comices. J'ai une dizaine d'années, le corps n'est pas encore adulte, je vois les cuisses nues et fermes, les seins roses et débutants, d'une pareille fermeté, les épaules et le cou, lisses, blancs. Il y a dans ce corps, sous la doublure des jupons, les prémices de ce qu'il adviendra et dont j'ignore tout alors, là où me conduira plus tard de grandir. Je dois revenir à ce rêve qui glisse si je l'évoque, comme sur un parquet ciré. Je peux arriver jusqu'à l'enfant, écrire les mots la muraille, si je me tiens au parapet.

Dans le rêve, je retire mon pyjama, mes chaussettes, ma culotte. Je pénètre dans une cabine de douche aux parois transparentes, ça ressemble à un couloir qui s'étire comme une allée de pins, jusqu'au robinet d'eau tiède. Un mince filet d'eau coule sur le corps entièrement savonné, je peux encore éprouver cette odeur de frais, de lavande et de jasmin. J'entends à travers la paroi des portes qui claquent, le cliquetis d'une serrure qui cède, j'entrevois une silhouette, il me semble reconnaître la voix métallique de mon père. Quelque chose s'accélère, je connais cette peur qui m'attrape le ventre comme si j'entrais dans une grange sombre et sans lucarne. L'eau coule le long du corps mais ne parvient pas à rincer la mousse qui recouvre mes pieds, puis mes genoux, et monte jusqu'à la taille. La peur monte en même temps que la matière immaculée, tendre comme une crème fouettée, c'est une peur parme. La mousse maintenant recouvre la poitrine, juste avant le cou, elle devient plus ferme, presque poudreuse, elle semble durcir comme ces mousses moelleuses à l'application qui servent à l'étanchéité des portes et fenêtres et deviennent dures comme une pierre de dolérite en séchant. À présent, la chair est pressée comme une médaille dans un étau, il ne reste que la petite tête qui dépasse de la mousse extrudée. J'entends la voix derrière l'oreille, il fait si chaud, ce n'est pas une fièvre. Il dit *tais-toi, baisse les yeux, c'est qui ton père ici* pendant que la main moite longe entre les cuisses et remonte jusqu'à la fente, pénètre dedans, devant derrière, le corps pétrifié. Et puis le cri, c'est un cri de blé fauché, la fin des champs de trèfles. Alors, tout s'évapore comme les premières neiges sur les routes avant l'hiver et dont il ne reste, au matin, que l'empreinte des pneus. Ce cri, c'est une crampe, à chaque fois il me réveille avec au fond de la gorge un goût de lait caillé.

Ce n'est pas une intuition, je ne dirais pas *peut-être* en l'évoquant. Jusque-là, j'entendais des voix que je n'écoutais pas. J'étais sourde au sonar. J'ignore comment j'ai fait jusqu'à présent pour tenir l'enfant à distance, lui faire conjuguer le silence, se taire à tous les temps. Aujourd'hui, je sais qu'oublier est impossible. Malgré les questions auxquelles rien ne répond, j'irai chercher les mots de ce jour d'orage.

Nous habitions un pavillon dans la banlieue parisienne, à Bondy, j'avais onze ans et mon frère était né dans la nuit. Je me souviens qu'il fallait se dépêcher, voir le bébé à la clinique avant midi, avant les soins et le déjeuner. C'est ainsi que les choses ont commencé, dans l'urgence, j'ai toujours cru que nous n'aurions rien à partager avec ce frère, qu'une chambre sans jouets. Il faut du désir pour faire connaissance, ou du courage.

Il n'y était pourtant pour rien dans cette histoire, comment pouvait-il savoir le secret gardé comme dans un reliquaire, scellé à la cire de ses bougies d'anniversaire. Le matin de sa naissance, mon père a pendu à mon cou des pierres noires enfilées en sautoir, après ce fut le premier jour des torticolis ; c'est une histoire de presque rien, quelques battements de paupières, les derniers instants d'une fille unique. Depuis lors, j'ai construit des trous d'air, des tunnels comme des artères, j'ai fermé les œilletons à la pensée des tropiques. J'ai mis mon cœur sous barricades, réglé les vasistas, posé des frontières, tracé des lisières.

Les circonstances de ce viol, je ne peux pas encore en parler. J'écrirai bientôt à bout portant, l'intact sanctuaire.

Il faut imaginer l'enfant, j'ai retrouvé une photo un peu jaunie, aux bords crénelés. Là, elle a quatre ans, elle est ravissante, un visage de poupée. La mère lui a raconté que petite, quelqu'un voulait l'acheter tellement elle était jolie, ça l'avait terrifiée. Vers l'âge de dix ans, elle porte une frange comme un rideau sur le front, elle est d'une beauté exquise. Les yeux sont doux comme deux noisettes, les joues ont la texture des pêches, le corps est solide, en bonne santé, en train de se faire. Elle ne sait rien de sa grâce, elle ne peut envisager le velours de la peau, la curiosité des seins imminents, la blancheur des cuisses. À cette époque-là, elle fait des puzzles et du vélo, dessine et écrit des poèmes dans des cahiers, ramasse les cerises qui tombent au printemps sur la pelouse, dans le grand jardin derrière la maison, comme des milliers d'obus pourpres et lustrés. Elle s'occupe avec le bruit du vent et dénude les pâquerettes, elle rêve d'aller une première fois au cinéma. Elle a des amoureux depuis la maternelle, tout le monde sait qu'elle a embrassé un garçon à la récréation, elle a des amoureux comme d'autres enfants des paquets de bonbons ou des cerfs-volants, elle ne sait pas encore pourquoi ça l'intéresse, plus que de jouer à la poupée ou à la marelle, à cloche-pied vers le ciel, plus que de faire des avions en papier ou des paniers avec des peaux de clémentines. Elle aime déjà la bouche contre la bouche, pas la tiédeur des gamines, les yeux mi-clos comme dans les films, elle s'entraîne dans la salle de bains, les lèvres collées contre le miroir, la joue dans la buée, feignant le plaisir comme si elle léchait un caramel, dans la salive, les bruits mouillés, elle peut faire ça pendant des heures, tourner la langue indéfiniment, jusqu'à ce que sa mère l'appelle, *mais qu'est-ce qu'elle fabrique encore, à table*.

Elle s'ennuie souvent, les parents ont leurs problèmes de grands, elle ne veut pas déranger, surtout lorsque le père est en colère. Elle peut passer la journée à jouer avec son ours en peluche, ensemble ils ont tout vu. Ils font des voyages loin du tumulte de la maison, on s'en va le matin et on revient le soir. Cachés sous le lit, elle avec ses souliers vernis, la ceinture dorée trouvée dans l'armoire de maman, chacun un drap autour du cou pour faire une cape, ils partent dans des galaxies imaginaires, là-bas on peut rêver les bras de maman, peut-être même un peu de son odeur, là-bas on peut tout recommencer.

Ce qu'elle préfère, c'est aller à l'école, elle aime

l'odeur de la colle, la poudre de la craie sur l'index, manger à la cantine. Elle sait compter et lire à l'âge où les enfants regardent les images, elle sent bien que l'école ouvre la porte d'un autre monde. Elle n'ira pas en deuxième année de maternelle ni en CE2, à huit ans elle a deux classes d'avance. À l'entrée en sixième, le professeur demandera à chaque élève de dire son âge en anglais, toute la classe a onze ans. Quand vient son tour, elle n'osera pas dire *I am nine years old*, elle mentira comme souvent sur son âge, une telle urgence elle sait déjà que c'est suspect.

Tous les mercredis, elle passe la journée chez ses grands-parents dans leur minuscule deux-pièces, trente mètres carrés achetés à la sueur de leurs fronts. C'est un moment de répit et parfois, dès le jeudi, elle compte les jours. Ici pas les cris, pas le froid, ça sent bon dans la cuisine, le poivron grillé et la semoule gonflée à la vapeur. Du grand-père elle perçoit l'élégance, il porte des costumes trois-pièces, blancs ou beiges en été, des chaussettes en coton trois fils et des chaussures en toile claire. La chemise est impeccablement repassée, il sent l'eau de Cologne dont il s'asperge plusieurs fois par jour. L'hiver, il relève les bords du col de son manteau, un drap de laine à carreaux bruns, noue une écharpe autour de son cou et se couvre la tête d'un chapeau en feutre épais, entouré d'un gros-grain noir. En milieu de matinée, ils vont faire les courses pour le déjeuner, il connaît dans le quartier les magasins spécialisés où trouver les épices pour mamie, tout ce dont elle a besoin pour ses plats raffinés. Ils font un détour jusqu'au marchand de bonbons, elle hésite devant les bocaux pleins de crocodiles et d'œufs au plat en gélatine, formidables colle-aux-dents qui lui font la langue rose ou bleue. Elle rentre en serrant contre elle le sachet rempli à ras bord de sucre et de gomme, un collier élastique en rondelles multicolores autour du cou.

Après le déjeuner, on pousse la grosse armoire, les chaises et le guéridon pour faire rentrer les grandes jambes et le corps immense à plat ventre sur la moquette. Dans le salon, il n'y a pas beaucoup de place. On remettra tout au bon endroit avant que mamie revienne. Recroquevillés pour tirer dans les coins, le majeur contre la surface ronde, puis la détente comme sous l'effet d'un ressort, ils se livrent une bataille acharnée mais rien n'y fait, jamais la petite ne perd une partie contre lui. Et elle rit, alors il la prend sur ses épaules, ses genoux cognent contre son torse et il tournoie au milieu des meubles dans la maison sens dessus dessous, les bras en l'air, il dit *bravo bravo, tu as encore gagné ma championne*. Ici, elle oublie qu'elle voudrait disparaître.

Très tôt, elle a eu le projet de disparaître, il fallait juste un bout de tissu rouge, apprendre quelques formules magiques et se concentrer très fort, elle l'a lu dans le journal caché sous l'oreiller. Si ça marche pour les stylos et les morceaux de papier, ça doit bien marcher pour elle. Un mercredi matin, elle a trouvé sa mère assise dans le salon à regarder les motifs de la moquette, en peignoir et pas peignée. Elle en avait assez d'inventer des formes dans les nuages, de collectionner les coccinelles dans des boîtes d'allumettes, de lécher les miroirs, elle a pensé *c'est maintenant ou jamais*.

Ce jour-là, elle est allée chercher un foulard rouge dans le tiroir de la commode, elle a jeté un dernier coup d'œil à son ours, mais là elle doit partir toute seule, elle a fermé les yeux très fort pour la concentration, elle a pensé qu'elle devrait laisser un mot à maman pour qu'elle la regrette, on ne sait jamais, et puis non, c'est trop tard, elle l'a déjà tant attendue, surtout ne pas se laisser déconcentrer. Alors elle s'est glissée sous le foulard, bien en boule pour que tout le corps soit recouvert, elle s'attendait à un décollage de fusée, une explosion peut-être, une odeur de brûlé, mais rien. Elle s'est dit qu'il y avait quelque chose qui ne tournait pas rond, un problème avec la formule ou le foulard. Alors elle a dû se rendre à l'évidence, pour disparaître il fallait être grande, à défaut d'être magicienne. Elle a compté sur ses doigts, disons qu'à dix ans elle serait assez grande, ça l'a réconfortée, elle s'est dit *c'est dans quatre ans*, comme si elle s'était dit *c'est dans quatre jours*. À dix ans, elle serait assez grande pour faire un petit baluchon, juste le strict nécessaire, sous-vêtements, robes qui tournent, souliers vernis rouges, paquets de caramels, et elle prendrait ses cliques et ses claques, comme marmonne maman à papa quand il hurle, *moi aussi tu verras, je prendrai mes cliques et mes claques*, elle a senti une légère euphorie en y pensant.

Le père est massif, trapu, on l'imagine immédiatement sans délicatesse, à entrer sans frapper. Il est brun, oriental, ses yeux des lames à vous trouer sur place d'un simple regard. Les doigts sont épais, le corps large, sans savoir on dirait à sa carrure qu'il est chauffeur routier ou boucher à découper les carcasses, pas homme à vous prendre dans ses bras ou à rentrer avec un bouquet de fleurs. Il n'a pas de passion pour les voitures ou les femmes, un quelconque attachement à quoi que ce soit qui pourrait lui occuper l'esprit. Il part le matin au travail, rentre le soir, il est plus ou moins 18 heures, il allume la télé, s'installe dans le canapé, prend une Gitane, parfois un Ricard s'il fait chaud. Puis ils passent à table, l'enfant et la mère hument l'air pour voir la teneur de sa colère dessous, au-delà de la nicotine, pourvu que ce soir ils dînent tranquilles. Car elles savent qu'il y a toujours une colère prête à déborder comme du lit d'une rivière, à éclater comme un grain en mars, ça tombe où ça tombe, une colère qui arrache les larmes de l'enfant, dévaste le présent et fendille les porcelaines. La mère, elle, ne pleure pas, elle a peur, c'est sûr, alors elle s'efface dans la cuisine le plus souvent, elle se dissout comme un sucre au fond d'une tasse à café et laisse son enfant dans la tornade.

Il y a des photos de cette époque, puisque rien ne me vient il me faudra des preuves. La mère est grande, la silhouette longiligne, la taille fine, les seins hauts et menus, les cheveux longs et lisses. Elle porte un short blanc et un débardeur en coton rose noué derrière le cou, c'est une photo prise devant la maison, elle a les cheveux attachés, une queue de cheval retenue par un ruban, qui lui dégage le visage. Les pommettes sont hautes, les yeux légèrement maquillés d'un fard nacré sur les paupières, la bouche corail, elle a une main sur la hanche et l'autre contre son front, comme une visière. Si on changeait le décor, on pourrait croire cette femme à l'avant d'un hors-bord, une coupe de champagne à la main, sauf à savoir interpréter cette tristesse abyssale au fond des yeux, incompatible avec l'été.

Je me souviens de sa silhouette mais pas de son parfum, de son visage mais pas de sa voix. Jusqu'à l'épisode de l'escabeau, j'avais neuf ans plus ou moins, je ne vois rien de sa présence, juste une forme molle presque liquide, où est passé ce corps qui m'avait abritée, son odeur, il n'en reste rien, tout est là mais pas les sens, pas le moindre frémissement, comme pour de faux, une mère indétectable. Au milieu de nous, elle est aussi seule qu'un portrait au centre d'un tableau. Figée dans la répétition des jours, elle n'espère plus, ça fait longtemps que l'espoir l'a désertée. Je n'entends pas le bruit des casseroles dans la cuisine, ni le craquement des pas dans l'escalier qui mène à ma chambre, aucun baiser ne résonne sur ma joue, aucun son ne sort de sa bouche, pas moyen de me mesurer à elle. Je perçois bien des gestes et des cris, un lointain brouhaha, parfois elle dit *je n'en peux plus* ou *ça ne peut pas continuer comme ça*, elle voudrait le traiter de fou, lui dire d'aller se faire soigner, qu'il est complètement malade. Mais elle sait trop comment ça finit, les chaises retournées, les nappes renversées, les voisins à la porte, la honte qui la prend, alors elle se tait, si elle osait elle avalerait deux somnifères et un verre de whisky mais elle n'est pas cette femme-là, elle n'a pas été élevée de la sorte, elle, elle a peur de traverser la rue. Alors elle va à la cuisine et se demande, en regardant la nuit qui tombe par la fenêtre, où sont passés ses rêves. Quand ses parents lui parlaient de la France, elle pleurait d'impatience.

Nous nous ressemblons comme deux gouttes d'eau, elle m'aura tout donné pour cette fois. En grandissant, j'ai hérité de ses longues jambes et de son visage, le profil droit, la bouche ourlée et les yeux impossibles. D'elle, j'ai gardé l'habitude de m'asseoir sur le bord des chaises, elle semblait toujours prête à prendre ses jambes à son cou. Dans la maison, j'avançais à pas feutrés, tout le poids de mon corps sur les orteils, ce qui me permettait d'évaluer la situation et de rebrousser chemin, si l'air était poisseux ou rempli de noms d'oiseaux. Nous avancions sans nous donner la main, sur ce terrain en huis clos que le mari avait miné de ses emportements comme des bombes à retardement.

À cause de sa myopie, elle me regardait en plissant les yeux, comme si elle me voyait au travers d'une vitre sale ou d'une eau boueuse, et dans ce regard un peu surpris on pouvait lire un étonnement, comme si elle réalisait soudain que j'étais bien vivante. Se retenait-elle de pleurer, comme moi, chaque fois qu'elle se souvenait de mon existence ? J'aurais voulu qu'elle couvre mes livres à la rentrée des classes, qu'elle me fasse réciter ma poésie, j'aurais aimé m'asseoir sur ses genoux, qu'elle me donne une explication, un indice, j'espérais une histoire mais rien n'arrivait, elle n'y pensait même pas, trop soucieuse d'échapper à son drame. Je l'ai sortie de ma mémoire sans doute pour me sauver de son asphyxie, elle étouffait.

Je pressentais qu'il avait dû lui arriver quelque chose, un événement, une explosion, elle devait avoir perdu un combat pour être à terre comme ça. Je ne savais rien des secousses de l'exil, de cet anéantissement des jours d'après, comment j'aurais pu savoir.

Il fallait bien faire quelque chose d'elle, la caser avec le premier venu, ce serait lui, l'homme avec les sabres dans les yeux. Ils avaient grandi sur la même terre aux effluves de jasmin et de fleur d'oranger, à jouer au football ou à la corde à sauter. Les parents s'étaient mis d'accord sur la dot, c'était un bon prix pour une fille comme elle, elle n'avait pas dix-neuf ans et seulement sa jeunesse à offrir. Cette terre, la Tunisie, aurait pu être le socle d'une familiarité rassurante, sur laquelle bâtir les fondations de leur union, mais elle n'a jamais été qu'un souvenir en commun, rangé dans un album usé.

J'ai cru que j'aimais Vincent pour oublier, mais je l'aimais pour me souvenir. Après notre dîner, j'ai cessé d'aller à son cours. Pendant les jours qui ont suivi, j'ai écrit sans relâche, à l'abri derrière une cloison de papier. Je me sentais happée, tirée par le bras. Je ne cherchais pas à comprendre, je savais qu'à un moment je cesserais d'ignorer ce qui gisait au fond de moi. Le passé ne suffit pas à dire ce que je suis mais il a tatoué le présent, ce n'est pas juste une décalcomanie emballée dans un chewing-gum à la fraise. J'avais l'impression d'avoir mis jusqu'alors mon cœur dans un freezer. J'avais envie de le revoir, il venait du vent. J'aimais qu'il soit entré dans ma vie sans que je l'aie jamais attendu ni même espéré. Il était apparu, un voilier au fond des yeux. J'aimais qu'il fût curieux de moi, il ne voulait pas seulement me connaître, il voulait me savoir, cherchant, sous les popelines, le plus intime de mes visages. Nous avions commencé le voyage, j'écrivais les mots d'étoffe, je décousais l'ourlet en suivant la marge.

Durant tout le temps de notre histoire, nous avons voyagé hors des hublots, dormi sur les ponts, loin du confort des cabines. Nous nous retrouvions dans des cafés près de mon bureau ou de la gare, et souvent je me demandais si nous étions les seuls à nous aimer dans ces lieux de partance aux noms prémonitoires, *l'arrivée*, *le départ*, *le terminus*, à regarder l'heure, à conjurer les ralentis. Nous passions trois heures ensemble, la dernière demi-heure j'étais déjà dans le manque, désirant presque qu'enfin il soit loin. Nous étions au début de nous, une boule de lumière incandescente malgré la valise posée contre la chaise, nos cœurs pris dans un sablier.

Jusqu'à la fin, il me tiendra la main pour que je traverse la passerelle, il me regardera partir.

Mes parents se sont rencontrés à la fin des années 60, mon père avait tout juste vingt-quatre ans. Comme lui, ma mère était arrivée en France six ans plus tôt, un après-midi de septembre. Avec ses parents et sa petite sœur, ils ont débarqué à la Joliette, sur le port de Marseille, épuisés par la traversée, partis comme des voleurs, laissant leurs vies derrière eux, le lit encore défait, l'essentiel collé contre la poitrine.

C'était en 1962, les parents de ma mère ont dit aux filles *non, aujourd'hui on ne va pas à l'école*, les enfants ne savaient pas encore que cette école, elles ne la reverraient jamais, ni la cour au sol sablonneux, ni la maîtresse, ni le tableau, ni la craie, ni l'odeur des bancs en bois et des cahiers mous, elles ne reverraient plus les copines avec leurs robes et leurs tresses, elles ne joueraient plus à chat perché, elles ne savaient pas qu'il n'y aurait plus de classes, de notes et de récitations, qu'il n'y aurait plus avant longtemps de récréations. Ma grand-mère avait mis dans un sac pour ses enfants des gâteaux aux amandes et une gourde d'orgeat frais, un pull pour la nuit, le voyage allait être long, et il fait froid la nuit en mer, surtout quand on ne revient jamais, on part pour la France mais personne ne doit savoir, c'est un secret.

Ils sont montés sur le bateau comme s'ils partaient en vacances avec une valise à roulettes et le sourire des familles qui partent en vacances. Ils souriaient malgré les doublures qui ployaient comme des peupliers, malgré la crampe qui leur tordait le ventre à cause des photos et des papiers dans les revers des robes, à cause des bijoux et des économies au fond des poches, des petits rouleaux de billets comme des cannellonis retenus par des élastiques souples, malgré la détresse de laisser la vie d'avant derrière soi, puisqu'on n'a pas le choix.

La mer et le ciel formaient un tout, une nappe bordée d'écume et de nuages, un feston de dentelle délicate posé sur leurs existences, l'air était bleu. C'était une belle journée de fin d'été, la météo ne connaît rien de la détresse des hommes, les petites sautaient de joie alors que le bateau bondissait sous les assauts des vagues, leurs corps en équilibre comme deux mouchoirs brodés posés sur une corde à linge, elles n'avaient jamais quitté la maison que pour aller à l'école, faire un bain de soleil ou se rendre dans le quartier du Belvédère pour acheter un cornet de glace à l'italienne, alors la traversée c'était aussi fantastique

que le manège à chevaux, un bonheur indescriptible. J'imagine qu'ils sourient mais ils pleurent, ils ont chacun leurs raisons, les petites pleurent de joie face au fabuleux spectacle de la mer et de ses tourbillons, les parents pleurent les larmes brûlantes de l'exil, c'est ici leur terre, celle du refuge après l'errance, là où sont nés leurs ancêtres, juifs sépharades que l'Espagne a chassés à la fin du XVe siècle. Ici, ils ont grandi, ils ont aimé, ils ont fondé une famille sur ce bout de terrain qui s'efface comme la buée sur une vitre, c'est maintenant un tout petit point. Ils pleurent son air épicé et ses parfums moites, les fins de journée sur la terrasse d'où remontent les senteurs de chèvrefeuille et de figuiers touffus, ils pleurent la torpeur ovale des matins d'été et les siestes alanguies les jours de canicule, c'est leur vie tout entière qui coule par leurs yeux, ils diront que c'est à cause du vent, désespérés et dignes, suspendus encore aux derniers instants de ce tout petit point là-bas.

Pour comprendre ce qui s'est joué entre mes parents, il faut imaginer la fillette qu'a été ma mère, élevée avec sa sœur cadette dans le sucre et le miel, à l'abri de l'effort. Elles ont grandi à Tunis, dans le quartier huppé de l'avenue de Londres où se concentraient les grands établissements bancaires, les sièges des compagnies d'assurances, les bureaux des firmes pétrolières. La villa dont les larges fenêtres s'ouvraient sur les citronniers et les lauriers roses avait été construite dans le raffinement des années 30 par le grand-père maternel, qui avait fait fortune dans le commerce de céréales. Comme le voulait la tradition, la bonne vivait à demeure, elle se levait la première, se préparait dans le petit matin, enfilait une djellaba, des savates en cuir brodées aux pieds et descendait à la cuisine. Ses journées étaient rythmées par l'emploi du temps des filles, elle les réveillait et les baignait, tressait les cheveux, serrait le nœud des bretelles de la robe de chaque côté des épaules, ajustait le tablier d'écolière, remontait les chaussettes, fermait les sandales. Malgré le petit déjeuner fait de tartines de beurre et de confiture trempées dans du lait chaud, ma grand-mère glissait un en-cas dans les poches des robes et des clémentines dans le cartable. Dans trois heures à peine, la bonne irait les chercher à l'école pour le déjeuner, et en attendant elle faisait les lits et le ménage en chantant en arabe. Mon grand-père fermait tous les midis sa boutique de chaussures pour hommes, des modèles en cuir de qualité qu'il était le seul à importer de France. Pour les rejoindre il longeait le terre-plein de l'avenue Jules-Ferry, ombragé par les ficus pleins d'oiseaux, passait devant le cinéma le Palmarium, il était presque arrivé. Ma grand-mère l'accueillait à la porte, pomponnée et parfumée, les enfants accouraient et tous se mettaient à table. Puis mon grand-père ramenait ses filles à l'école, une petite main dans chaque main, souvent il leur glissait trois sous pour acheter un Fantasio, le fameux lait à la grenadine de la pâtisserie Pascal, et des beignets fourrés à la crème pour le goûter. Tant que la Tunisie était sous protectorat français, les journées s'écoulaient ainsi au rythme des saisons, en été on laissait les volets fermés jusqu'au soir, pour retenir un peu de la fraîcheur de la nuit, on restait sous la véranda dans les courants d'air, un rien de vent et d'iode qui parfois soulevait les volants des robes. Le soir, on se promenait sur la corniche, quand la chaleur était retombée enfin, ça sentait la crème solaire et le poisson grillé. L'hiver, jusqu'au coucher du soleil, on profitait de la douceur de l'air des bords de mer, des bas de soie pour les jambes, un cardigan sur les épaules.

Ils étaient heureux tout simplement, attentifs toutefois aux événements qui traversaient le pays. Avec l'indépendance et depuis la bataille de Bizerte, les discriminations étaient de plus en plus nombreuses, les vieux réflexes anti-juifs réapparaissaient comme les bourgeons au printemps. Les synagogues étaient incendiées, l'usine de pains azymes fut détruite, les commerces devenaient la cible d'incidents antisémites, il y avait désormais dans l'air une atmosphère d'émeute. Le soir, ils parlaient en chuchotant d'aller en France, tout quitter et partir, il faut mettre les voiles un point c'est tout, ils diraient aux petites *on part en vacances* pour ne pas les inquiéter, elles avaient douze et neuf ans. Eux savaient qu'ils y laisseraient ce que leurs ancêtres avaient mis des vies entières à construire, la villa serait expropriée, la loi permettant de l'attribuer à un Tunisien musulman dès qu'elle serait vacante. Ils ne pouvaient ni la vendre, puisqu'elle ne valait plus rien, ni rester. Ils comprirent vite que leur situation financière allait changer et, pendant quelques semaines, transférèrent dans la limite de cinquante francs par mandat de l'argent à une cousine installée à Marseille depuis plusieurs mois. S'ils quittaient le territoire, ils n'étaient autorisés à emporter qu'une valise de vingt kilos et un dinar, c'est-à-dire cinq francs par personne à l'exclusion de tout autre objet de valeur. Ils décidèrent de vendre contre des francs quelques bijoux de famille, cédés pour une bouchée de pain. Peu à peu, la situation s'est dégradée, ils ont su qu'il fallait partir le jour où le magasin a été vandalisé, les chaussures pillées, *dehors* écrit en majuscules sur la façade. Ils n'ont rien dit de leur projet, ont continué de remplir le frigo, de faire comme si de rien n'était, ils sont partis un matin en disant à la bonne *à ce soir*.

Ils ont été recueillis à l'arrivée à Marseille par la cousine qui habitait dans un deux-pièces, avec son mari et leurs deux enfants en bas âge. Ça a duré quelques mois guère plus, le temps de se retourner, de trouver une solution, peut-être de reprendre leurs esprits. Les filles dormaient dans le couloir de l'entrée sur des couvertures épaisses posées à même le sol, les parents dans la salle à manger sur un matelas qu'il fallait ranger chaque matin derrière le buffet, pour pouvoir circuler. On coupait le pain en huit, quelques légumes dans un bouillon, un fruit à partager, un peu de mazar pour la digestion. Chaque vendredi soir, on allumait les bougies du shabbat, et autour de la table le père de famille commençait la bénédiction du vin, le kiddouch. Les enfants se taisaient dès que sa voix claire entonnait la prière du vendredi, rythmant son chant de mouvements de tête comme un chef d'orchestre. Les fillettes chantaient phonétiquement, leurs corps comme son corps légèrement penchés en avant. Pour la bénédiction du pain, le père prenait les deux petites miches tressées qui sortaient chaudes du four et coupait des morceaux qu'il trempait dans du sel pour chacun des convives. Sur la table, la cousine posait sur une nappe en toile cirée les plats colorés, la salade de poivrons grillés à l'ail, du thon à l'huile, quelques fèves au cumin, l'harissa dans un ramequin, la semoule fine et chaude au centre, les boulettes à la viande et les légumes cuits dans le bouillon, des pommes de terre, des navets, des carottes, des courgettes et des pois chiches, un mélange unique de légumes fondants, délicatement épicés. Pour le dessert, la mère préparait comme avant une salade d'oranges à la cannelle et parfois, une génoise moelleuse qu'on trempait dans le jus suave des oranges parfumées. On oubliait un peu, alors, la perte indicible.

Cet hiver-là, le froid est tenace, et dans l'appartement les petites grelottent la nuit à cause de l'air qui s'infiltre par la porte d'entrée. Le radiateur d'appoint est insuffisant, il faut se coucher tout habillé pour trouver le sommeil, le corps recroquevillé comme un fœtus, les mains dans des gants de laine. Elles commencent à comprendre que leurs vies ont basculé, qu'elles passeront dorénavant les hivers emmitouflées dans des pulls synthétiques et les étés loin des bords de mer. Et la nuit, allongées dans l'étroit couloir qui leur tient lieu de chambre, le corps de l'une calé par le corps de l'autre, serrées dans un sac de couchage, elles se repassent les souvenirs en boucle dans leurs têtes, elles savent maintenant qu'il n'y aura plus de balançoires dans le grand jardin de la maison, d'après-midi entiers à vouloir toucher le ciel, assises sur la planche de bois patinée par le vent, les mains bien serrées à la corde en criant *plus haut plus haut*, il n'y aura plus les siestes sans fin à l'ombre sous les tentes en toile de coton, le dimanche, sur les plages du sud qu'on atteignait en train, ni les promenades après dîner, face à la baie, la terre pleine encore de souffle chaud. Jamais elles ne parlent ensemble de leur vie d'avant, ce passé qui colle sous chacun de leurs pas, cette vie béante de soleil et d'insouciance à laquelle on les a arrachées comme un clou, tout a été englouti dans un silence inouï, c'est un rideau baissé sur le jour. Elles devraient en éprouver de la fureur, une révolte impossible à calmer, avoir au moins quelques larmes pour laver les regrets, mais rien ne vient au bord des yeux. Avant, elles pleuraient pour une égratignure.

C'est comme si elles se sentaient responsables de ce drame. Puisqu'il n'y a pas eu de tempête, de guerre, de tremblement de terre, comment justifier qu'elles aient été jetées comme un tas de sable sur ces couvertures, dans ce couloir glacé, hagardes et vulnérables, privées de lendemains. Elles auraient eu besoin d'une explication pour comprendre qu'on les ait boutées hors de leurs vies d'enfants, mais personne n'a pensé à leur en donner, il y avait déjà trop à faire pour survivre à la mendicité.

Au printemps, la cousine a annoncé qu'elle était enceinte, les parents ont compris qu'il était temps de partir. Les filles avaient été déscolarisées, la situation était devenue intenable.

Pourtant, chaque jour, depuis leur arrivée, le père se rendait place de la Bourse, dans un bar tenu par deux rapatriés d'Algérie, c'est ici qu'on échangeait des informations pour trouver un emploi ou un logement. Mais ils étaient quatre cent cinquante mille à avoir débarqué comme eux, cette année-là, et autant à remuer ciel et terre pour s'en sortir. Il était prêt à prendre tout ce qui se présenterait, ça n'avait plus d'importance, mais il rentrait chaque jour bredouille, il se sentait inutile, incapable de subvenir aux besoins de sa famille, infirme en somme. Un soir à table, la cousine a dit qu'elle avait une amie à Paris qui allait quitter son poste de secrétaire dans une société d'assurances et que celui-ci serait vacant avant l'été. La mère, qui n'avait jamais travaillé de sa vie, s'est proposée, elle a écrit une lettre à l'attention du gérant, vantant ses qualités pour le poste, lui assurant qu'elle saurait faire preuve de vivacité et de mémoire, qu'elle était de surcroît particulièrement ordonnée. Elle n'a pas précisé qu'elle n'avait aucune notion de sténodactylo, elle aviserait le moment venu si l'homme voulait bien la rencontrer. Dix jours plus tard, elle reçut un télégramme lui proposant un entretien, le mardi suivant. Ils vendirent tous les bijoux et l'astrakan pour payer les billets de train pour Paris et les nuits d'hôtel, ils n'avaient nulle part où aller.

Elle se pomponne dans la petite chambre de la rue des Pyrénées comme elle le faisait à Tunis quand elle avait la journée entière pour se préparer en attendant le retour de son mari. Ils ont acheté une robe cintrée bleu pâle, des escarpins en cuir et des bas en nylon, de la laque pour arranger ses cheveux qui ont tant poussé et du rouge à lèvres, l'original Rouge baiser. Il fallait gommer coûte que coûte la nécessité. Elle se regarde dans le miroir de la salle de bains, comme si elle faisait connaissance avec elle-même, en scrutant les rides nouvelles au coin des yeux et les cernes bleutés qui disent le chagrin et les nuits sans dormir. Elle voudrait faire un pas de danse, faire voler sa robe en organza comme le vent dans les lilas mais elle se ravise, impuissante à se délivrer de la réalité. Elle aura bientôt quarante ans, elle a tout oublié du bonheur, à cause de l'écharde dans le cœur qui la meurtrit quand elle respire. Puis elle se reprend, ils sont là, tous les quatre, bien vivants, et c'est tout ce qui compte, il faut prendre un jour après l'autre comme on enfile des perles sur un fil de soie, se dit-elle en entendant, derrière la porte, les enfants jouer sur la moquette, un deux trois soleil, encore un souvenir.

Pendant l'entretien elle n'a pas tremblé, elle est celle qui a tout perdu, elle n'a rien à craindre de l'avenir, juste prendre garde de ne pas trop s'attacher à ce qui adviendra, elle a fini de s'habituer aux choses. L'homme qui la reçoit a une cinquantaine d'années, elle remarque immédiatement son élégance à la manière dont il la précède pour lui ouvrir la porte de son bureau. Elle apprécie la façon dont il est habillé et celle dont il la regarde, comme une équation à plusieurs inconnues. Il perçoit déjà chez elle une légèreté avec dedans une rumeur de plomb. Il l'a aimée tout de suite, avant même d'entendre son rire, un chant de baleines bleues au milieu de l'océan. Il dira en rentrant chez lui, *cette femme, elle m'a plu.* Il l'a aimée et sans doute plus tard il lui fera la cour, mais avec une femme comme elle, c'est inévitable. Elle a des yeux avec au fond des mimosas, les joues lisses comme un lac, une beauté mate, surnaturelle. Il lui demande si elle a déjà exercé un poste similaire, elle avoue que non, qu'elle ne souhaite pas entrer dans les détails, que tout simplement, avant, elle n'avait pas besoin de travailler. Cependant, elle aidait son père dans la rédaction des contrats de négoce de céréales qui le liaient à ses clients et fournisseurs, peut-être ses compétences pourront-elles être utiles pour ce poste. Il remarque dans sa voix une sensibilité qui le touche, avec au fond un tremblement qui la dépasse, qu'elle voudrait taire mais c'est celui des nuits blanches, des saisons sidérées, ou peut-être le souvenir du père. Elle l'assure de sa motivation et de son engagement, qu'il pourra avoir confiance en elle et que son anglais est impeccable.

Elle ne veut pas lui montrer qu'elle est dans le besoin, elle a trop d'orgueil pour ça, jamais on ne la dépossédera de son éducation, elle ne dira rien de l'âpreté des mois qui viennent de s'écouler, elle parle de son arrivée en France comme d'un événement mineur, une petite intempérie. Il voudrait l'aider à effacer la tourmente, en limer les bords, absorber cette ombre sur son visage. Alors, il lui dit *j'aimerais que vous commenciez demain*. Pendant quelques secondes, le temps s'arrête, ils restent immobiles, incrédules l'un et l'autre, on entend juste le cliquetis des lames du store sur la vitre et sans doute leurs respirations. *Je vous remercie infiniment*. Il s'est levé pour aller chercher un peu d'eau, en passant il a posé une main sur son épaule, *ne vous inquiétez pas*. Elle se concentre sur les veines du bureau en bois pour ne pas pleurer devant cet inconnu qui la délivre des ficelles à son poignet. Elle sent poindre la fin des fatigues entassées, le début d'une aube.

Il a posé un verre d'eau devant elle, il y a maintenant dans la pièce un léger flottement, pas d'éternité, quelques secondes à peine où tout se tait. Elle boit quelques gorgées puis se redresse, il est temps de partir. Il la raccompagne jusqu'à la porte de son bureau et au moment de lui serrer la main, il lui demande si elle habite loin. *L'hôtel est au pied du métro Pyrénées*, dit-elle.

Dans le café en face des bureaux où a lieu l'entretien, les enfants partagent une limonade, le père a commandé un café serré. Elle revient une heure plus tard, il la regarde traverser la chaussée, il la trouve très belle, ça fait longtemps qu'elle n'a pas souri comme ça. Elle s'assied, prend les mains de son mari dans les siennes, elle dit *je commence demain*, ils pensent que peut-être ils sont sauvés.

Le lendemain, elle se présente à son poste de travail à 9 heures. Elle suit la femme qu'elle va remplacer comme son ombre, un carnet à la main pour noter chaque détail. Vers midi, le patron la demande dans son bureau. Elle ajuste son chignon avec quelques épingles, glisse les mèches de cheveux derrière son oreille, arrange les plis de sa jupe. Elle frappe à sa porte, entre dans la pièce aux grandes baies vitrées. Elle retrouve cette odeur qu'elle a déjà perçue hier, de cuir et de tabac blond.

Il n'a cessé de penser à elle depuis son départ, il est heureux de la retrouver, il faut bien l'avouer. Elle a déjà pris une place dans sa vie, elle a glissé dans sa voix, dans ses yeux, et sans doute un peu dans son cœur, une part d'elle-même. Il veut l'aider davantage, il sait ce qu'on laisse quand on part sans se retourner, il est fils d'immigrés arméniens, il sait qu'il est impossible d'emporter les poissons orange qui vont et viennent dans l'eau verte du bassin, longeant les nénuphars. Il faut attendre en silence avec un bagage à ses pieds que la douleur s'éloigne ou que la pluie reprenne. Il est des plaies comme des portes, impossibles à refermer.

Il lui fait signe de s'asseoir. Il la regarde avec l'attention d'un peintre, elle a croisé ses jambes, posé son cahier sur l'étoffe de sa jupe, l'a ouvert sur une feuille blanche, s'apprêtant à noter quelques directives. Il aperçoit dans ses yeux les taches jaunes comme des éclaboussures, il ne veut pas se laisser déconcentrer par ce brin de lumière, une poudre d'or autour des pupilles. Et ce visage, il ne faut pas chercher à l'expliquer.

Il est ému par les efforts qu'elle a faits ce matin, il voit ce que requiert chaque détail, le chignon impeccable, les ongles laqués, le chemisier repassé, le nœud bouffant de la lavallière, quand on est, comme il l'imagine, entre les quatre murs d'une chambre d'hôtel. Justement, c'est de ça qu'il veut lui parler. Il manie des contrats, mène des négociations d'envergure, mais face à elle il cherche ses mots comme s'il ne voulait pas la contrarier. Il sait qu'elle avance nu-pieds, résistant au souvenir du passé qu'un vent trop fort aura ruiné. Pour sa famille à lui aussi, l'exil est tapi au fond des mémoires. Ses parents ont tout laissé derrière eux, on n'est plus qu'une ombre quand on est jeté sur les routes comme un bout de chiffon, il sait ce que c'est que de rester debout quand on est inconsolable.

Il allume une cigarette, ouvre la fenêtre, regarde un instant le ciel qui couve une averse. Il dit :

— Je viens d'hériter d'un petit appartement, un deux-pièces d'environ trente mètres carrés. Je pensais le mettre en vente mais rien ne presse. Je pourrais le laisser à votre disposition, pendant quelques mois, le temps dont vous aurez besoin pour vous retourner, je serais heureux que vous acceptiez.

Puis il se tourne vers elle, il a l'impression d'une muraille dressée entre eux, ou plutôt d'une impasse, il peut marcher vers elle mais jusqu'à un certain point, un grillage ou une haie. Elle se sent incapable d'articuler un mot, voilà des mois qu'elle avance sur un fil rongé de sel, tentant de maintenir un semblant d'équilibre aussi fragile qu'une feuille de peuplier en novembre. Tenir, seulement tenir, c'est tout ce qu'elle pouvait faire jusqu'à présent. Alors revenir à la terre ferme, c'est presque trop pour elle. Elle le regarde sans rien vouloir, elle dit seulement *nous avons sans doute été trop insouciants, ma vie d'avant, l'océan l'a avalée.*

La pluie s'est mise à tomber, il a refermé la fenêtre, ouvre le tiroir de son bureau. Il en sort une paire de clés, les glisse dans une enveloppe, note l'adresse dessus.

— Allez le visiter cet après-midi, vous me direz demain si cela vous convient. Laissez-moi faire ça pour vous, je vous en prie.

Elle prend l'enveloppe qu'il lui tend et lui serre la main, comme s'ils venaient de conclure un marché. Il est touché par ce geste qui le laisse sur le seuil, à une porte d'elle. *Je ne saurai jamais comment vous remercier*, dit-elle en quittant son bureau, se retenant de le regarder pour ne pas pleurer. Ils vivront trente ans dans cet appartement, 26 rue des Tilleuls.

Petit à petit, les choses se sont améliorées. Grâce à ce logement, les enfants allaient pouvoir retourner à l'école en septembre. Les premiers mois, pour subvenir à leurs besoins, ils ont économisé chaque centime, se nourrissant de peu, évitant les écarts. Tout leur manquait, des vêtements, des couvertures, des rideaux, des matelas, des sommiers, des draps, des oreillers, tout. Les mois ont passé, les enfants ont retrouvé le chemin de l'école. L'hiver suivant, avec l'arrivée d'un nouveau four, la maison embaumait comme avant la cannelle et le curcuma, et la mère préparait le dimanche les repas pour la semaine, les fèves au cumin, la viande farcie d'ail, les pois chiches gorgés d'épices, le tajine aux pommes de terre, la salade cuite et les artichauts safranés. Il y avait toujours quelques croquants aux amandes à tremper dans le café le matin et des pâtisseries au miel pour le goûter.

Un jour, en faisant ses courses, le père apprit qu'il y avait un stand à louer au marché Saint-Quentin.

Il décida de reprendre le commerce de chaussures. Il fallait acheter un petit stock chez son fournisseur et verser trois mois d'avance pour le loyer, il avait besoin aussi d'une enseigne, d'une chaise pour les clients et d'un facturier. Il demanda à une connaissance de lui avancer dix mille francs qu'il se promettait de rembourser par mensualités ; la vie reprenait. Du lundi au vendredi, par toutes les saisons, malgré l'âge et le froid, malgré l'arthrose et les rhumatismes, il faisait son possible pour effacer la dette et la honte. Le soir, il rentrait épuisé mais souriant, jamais il ne s'est plaint, des années durant, même si l'hiver on mettait dos devant des pulls trop abîmés.

Parfois, quand les enfants jouaient dans la cour, il poussait le canapé, il prenait sa femme dans ses bras, une main dans sa main, l'autre sur sa hanche, pressée sous le tablier, les pieds nus sur la moquette fleurie et ils dansaient dans le salon minuscule sur une chanson qui s'échappait du transistor. Il la voit comme ce premier jour il l'avait vue, elle venait d'avoir vingt-cinq ans, il en avait trente-quatre, quand ils se sont rencontrés sur la place de la mairie, à l'ombre des platanes. On buvait du pastis et de l'orgeat, on revenait de la plage ou de la sieste, les filles arrivaient dans leurs robes claires, la taille soulignée, l'ourlet sous le genou, les garçons attendaient un morceau lent pour se lancer. Il se souvient de cette fin d'après-midi comme si c'était hier, elle boit une limonade avec sa sœur, elle est d'une effroyable beauté. Il s'approche d'elle pour l'inviter à danser, elle n'est pas insensible à son charme, il est dit qu'il a serré les plus belles femmes dans ses bras, elle accepte. Elle porte une jupe à pois, un chemisier découvrant ses bras et des bracelets dorés qui tintent à ses poignets. Il sent son parfum qui tourbillonne comme une robe à volants, mêlé à l'odeur de la laque dans ses cheveux pour maintenir les boucles bien serrées. Il remarque une délicieuse fossette sur sa joue et sa peau brille comme de la joaillerie. C'est la femme de sa vie, il le sait comme deux et deux font quatre, et en lâchant sa main à la fin du morceau, aussitôt elle lui manque.

Les enfants ont grandi. Il y a peu encore, elles jouaient ensemble, aux échecs, aux dames, avec des bouts de papier froissé. Elles ont douze et quinze ans, elles rêvent de portes pour pouvoir s'isoler, de vêtements à leur taille, d'un lit en palissandre et d'édredons doux, à la place de ce canapé convertible qu'il faut fermer au réveil pour pouvoir circuler et où elles transpirent la nuit en silence. Mais il ne leur viendrait pas à l'idée de se plaindre, il n'est resté dans leurs gorges que les mots de la sidération, inaudibles au matin.

L'aînée n'est plus en mesure de continuer l'école, la bonne élève qu'elle a été est désormais une enfant en lutte contre elle-même, le niveau est trop élevé dans les matières principales, on n'y peut rien. C'est comme empêcher les fleurs de faner. Elle cache ses mauvaises notes autant que son désarroi, elle a le sentiment de décevoir ses parents, elle se sent médiocre et inutile, impuissante devant ses livres ouverts sur la table de la salle à manger. Voilà trois ans qu'ils vivent à quatre dans trente mètres carrés, qu'ils attendent leur tour pour aller aux toilettes ou prendre une douche, elle n'a pas changé de chaussures depuis l'hiver dernier, ses vêtements la serrent. C'est là, dans ce petit espace entre le silence et la pudeur, qu'a germé chez elle, ma mère, la culpabilité. Et puis son corps l'entête. Elle voudrait continuer de s'asseoir et de balancer ses jambes, de monter sur la pointe des pieds pour fouiller dans les placards, ne pas sans cesse se cogner aux meubles, mais la puberté la saisit chaque matin dans la glace de la salle de bains. Un jour, l'enfant est partie et cette inconnue aux cheveux longs, aux jambes interminables, au regard flou, l'a remplacée.

La nuit, elle attend le sommeil. Elle écoute sa petite sœur respirer à côté d'elle, elle se demande si c'est ça vivre. Dans la maison, les lumières sont éteintes, restent juste une veilleuse sur la chaise qui lui sert de chevet et le filet jaune sous la porte de la chambre des parents, eux non plus ne dorment pas. Ses yeux s'habituent au noir, aux ombres projetées sur le plafond mais pas à la perte, c'est comme si elle se promenait dans un jardin de larmes, une floraison tardive au milieu des roses trémières. Elle voudrait ranger ses souvenirs dans un cahier à spirales, s'en désemparer, qu'ils la laissent tranquille mais c'est peine perdue. L'odeur des embruns, le chant clair des oiseaux, le visage de ceux qu'elle a aimés et à qui elle n'a pas dit adieu, cette foule qui vient errer dans son sommeil, impossible de la jeter à la rivière, de l'enfouir sous la terre, avec les vers.

À seize ans, elle quitte l'école et attend seule à la maison que les saisons finissent. Elle aide à la cuisine, fait le ménage, passe l'aspirateur, descend parfois pour quelques courses. Voilà ce qu'elle devient. Il lui arrive souvent de rester au lit, recroquevillée comme un papier qu'on approche d'une flamme. Elle est sensible comme une brise, déchirée comme un nuage prêt à se déverser sur la ville. Et quand la maison est vide, qu'elle est parfaitement seule, elle s'autorise à vider un sac de larmes.

Et puis, il y a cette myopie, avec moins 15 dioptries, elle ne voit pas un objet qu'elle pourrait attraper en tendant les bras. À la maison, elle supporte de porter des lunettes, mais dehors elle a honte de ces culs de bouteille qui lui rétrécissent les yeux et déflorent son regard. Sans ses lunettes, on peut avoir l'impression qu'elle est ailleurs, comme effacée, il faut imaginer ce que c'est de traverser le monde à colin-maillard, avec un collant trente deniers sur les yeux.

À ses parents, elle n'adresse aucun reproche. Mais il lui arrive de se demander s'ils s'aperçoivent encore de sa présence, s'ils ont la moindre idée de ce que signifie pour elle de n'avoir aucun projet, aucune route à emprunter, pas le moindre matin à colorier. Elle ne sait plus depuis combien de temps ils ne l'ont pas embrassée, cajolée, regardée vraiment. Ils sont pris dans la machine infernale des dettes à rembourser, de l'honneur à sauver, de la vie à réapprendre. Et des regrets à taire. Ils avaient emmené l'odeur des petites joues, la douceur des réveils, mais le bonheur a mal supporté le voyage, dispersé dans le vent.

Au lycée Hélène-Boucher, elle avait rencontré Joëlle. Comme elle, sa famille avait émigré en France, la situation s'était encore aggravée en Tunisie avec la guerre des Six Jours. La pudeur les empêchait de raconter le désarroi des mois qui avaient suivi cet arrachement, mais l'une et l'autre savaient ce qu'elles avaient subi d'humiliation, cela soulageait un peu leur peine à respirer. Elles se sont reconnues immédiatement, c'est ce qui arrive quand l'océan dissout une vie de promesses. Leur amitié est née du vacarme des silences.

Joëlle est la cadette de quatre enfants, elle vit avec ses parents, ses deux sœurs et son frère dans un minuscule appartement prêté par la famille. Elle est bonne élève, peut-être une façon de consoler ses parents qui la voudraient pharmacienne ou médecin. Elle n'a qu'une idée en tête, se marier pour sortir au plus vite de ce trou. Un jour, elles se croisent par hasard dans la rue, cela fait deux ans qu'elles se sont perdues de vue. Elles se tombent dans les bras, elles ont tant de choses à se raconter, il faut qu'elles se revoient. Elles se donnent rendez-vous au café Le Marivaux sur les Grands Boulevards, où Joëlle se rend tous les samedis soir, *un vrai nid à garçons*, lui dit-elle, amusée. Joëlle n'en revient pas de sa beauté, elle est plus belle encore que dans son souvenir, elle a toujours dans son regard cette fragilité, comme une doublure de soie coupée dans le biais.

Voilà, elle a dix-huit ans, c'est la première fois qu'elle se prépare pour sortir, elle en éprouve une telle appréhension qu'elle voudrait renoncer, elle se sent maladroite dans la jupe que sa mère lui a prêtée et qu'il a fallu resserrer à la taille avec une épingle à nourrice, elle flotte un peu dans le chemisier beige. Elle se dit que ses chaussures sont mal assorties à sa tenue et passablement usées. Elle se trouve trop grande, défigurée par ses lunettes et ridicule avec cette queue de cheval que sa mère a tenu à figer dans la laque. Mais son amie l'attend, elle ne veut pas la décevoir. Et puis cela fait longtemps qu'elle n'a pas vu sa mère aussi joyeuse, il y a chez elle une sorte d'excitation soudaine dans laquelle elle perçoit une forme de soulagement. Elle est trop naïve pour s'imaginer que la rencontre avec son amie n'est pas fortuite, comment croire qu'il est déjà temps pour ses parents de la marier, eux non plus ne savent pas quoi faire d'elle.

Une fois sortie de la maison, elle défait sa coiffure, déloge les épingles qu'elle a dans les cheveux, ouvre un petit bouton à son chemisier. En glissant les épingles dans sa poche, elle sent les quelques francs que son père lui a donnés en partant et ses lunettes en écaille qu'elle a retirées à peine dehors. Elle est désormais plongée dans une brume opaque, celle des hivers interminables. Elle sait bien qu'on la regarde mais elle ne peut concevoir à quel point sa beauté envahit l'espace. Elle se concentre sur le contour dégradé des arbres le long des immeubles haussmanniens et sur celui des silhouettes en mouvement, qui tachent sa rétine de minuscules points noirs. Elle longe les Grands Boulevards, forcément elle est en retard, il lui faut tant de temps juste pour faire un pas après l'autre. Ses cheveux descendent sur ses hanches, lui couvrant les épaules et le dos, elle a un peu chaud, l'air est encore tiède fin septembre. Ses chaussures lui font mal, elle aurait préféré mettre une ceinture à sa jupe plutôt que l'épingle à nourrice qui lui rentre dans la peau, elle aperçoit enfin le halo de l'enseigne lumineuse à l'angle de la rue Marivaux et du boulevard des Italiens, elle est bientôt arrivée. L'air bruisse de l'agitation des samedis soir, le trottoir est bondé de jeunes gens gominés, de filles court vêtues, des formes imprécises évoluant dans un bain de vapeur, elle se dit que sa jupe est trop bouffante, son chemisier démodé, elle a envie de s'enfuir. Joëlle lui fait un signe de la main et s'avance vers elle, la serre dans ses bras, puis se tourne vers le garçon assis à sa table, *je te présente mon frère*.

Il sent le tabac et le gel dans les cheveux, il a du miel dans la voix quand il lui annonce qu'il a beaucoup entendu parler d'elle, elle se demande ce que Joëlle pouvait tant avoir à lui dire, elle qui est si insignifiante. De prime abord, il ressemble aux hommes qu'elle connaît, le cheveu noir, les yeux fournis de cils, la chair tannée, il est la terre et les pierres de l'Orient, le sable et le piment, le désert. Elle commande un citron pressé, elle sent bien qu'il l'observe. Elle voudrait pouvoir le dévisager, distinguer avec précision les marques et les traits, les creux peut-être, ce que la mer a déjà déversé de crachats salés sur sa peau. Mais avec ce voile qu'elle a sur les yeux, il lui apparaît comme sous d'épaisses couches de poussière, et même un peu déformé.

Elle se sent fatiguée et vulnérable. Elle vide le stick de sucre dans son verre, en renverse la moitié sur la table, elle voudrait pleurer ou qu'on la prenne dans les bras, il lui sourit et ça peut lui suffire. Déjà, elle aimerait le retenir par la manche, il lui semble voir dans ce sourire un endroit pour se consoler, un abri peut-être. Elle n'a aucune idée de l'après, elle est sur le palier, les pieds sur le paillasson, elle voudrait sonner à la porte, tourner la poignée, qu'il lui dise *entre*, mais elle ne sait que s'asseoir et attendre. Elle a besoin de trois fois rien pour trouver ce garçon à son goût, à quoi pourrait-elle rêver d'autre, et trois fois rien, c'est tout ce qu'il va lui donner.

Le début de cette histoire a commencé avant l'enfant. Ils se sont mariés six mois après leur rencontre au Marivaux et ont emménagé dans un studio à Montreuil qui suinte l'humidité à la première averse. Avec le salaire modeste du père, il est commercial dans une entreprise de transports routiers, ils ne peuvent prétendre à mieux, un studio de dix-sept mètres carrés, le canapé-lit dans le salon qui sert aussi de salle à manger et de chambre à coucher. La kitchenette est fonctionnelle, une gazinière deux feux, un mini frigo, quelques étagères pour la vaisselle premier prix. La cabine de douche se trouve derrière une paroi fine comme un carton d'emballage, les toilettes sur le palier ne ferment pas à clé. Souvent, ils dînent face au linge étendu comme du poulpe au soleil, ça sent le gras et la lessive et un peu de leurs sueurs. Ils n'ont pas pris le temps de décorer l'intérieur, de peindre les murs, d'accrocher un tableau, d'étendre sur le lino un tapis à fleurs. Tout juste a-t-elle suspendu à la fenêtre quelques géraniums dans des pots en plastique, qui diffusent une odeur rance de vieux bouquet plongé trop longtemps dans l'eau stagnante d'un vase.

Ils notent dans un cahier chaque dépense pour finir le mois, mais entre les courses, la voiture, les factures d'électricité et de chauffage, aucune folie n'est vraiment possible. Quelquefois, la femme s'offre une robe ou une paire de chaussures au changement de saison, au début il leur arrive d'aller au restaurant turc en bas de la maison pour leurs anniversaires. Le reste du temps, ils mangent des pâtes au beurre. Le mari ramène de la cantine du pain, parfois un yaourt ou une pomme qu'il glisse discrètement dans la poche de sa veste. Il a en tête de déménager, il trouve dommage de payer un loyer, ils pourraient devenir propriétaires s'ils arrivaient à économiser chaque mois. Il ne porte que des vêtements dont les poches sont suffisamment larges pour y engouffrer les restes du déjeuner. Le soir, ils se partagent un morceau de camembert, quelques crackers, des desserts chocolatés, le butin du midi. Le mari ramène aussi les petits savons et le papier toilette mis à la disposition des employés. Chaque soir, il rentre les poches déformées et déverse sur la table en formica la prise du jour. L'hiver, ils n'allument pas le chauffage et, malgré la tombée de la nuit, ils s'éclairent peu. Ils se couchent tôt, couverts de tricots de la tête aux pieds, transis sous plusieurs épaisseurs de couvertures. Ils voient arriver le printemps avec soulagement, on range en haut de l'armoire les bonnets, les cols fourrés et les lainages qu'on ressortira dès les jours de grand froid.

Le mari a négocié de ne plus faire uniquement du démarchage téléphonique, convainquant son patron qu'il serait plus efficace s'il visitait de potentiels clients. Ainsi, chaque mois, il lui présente désormais une note de frais pour l'essence et les invitations au restaurant des clients qu'il a contactés et dont il espère la signature imminente de gros contrats. Évidemment, il continue à faire l'essentiel du démarchage par téléphone, et récupère ainsi en frais des sommes qu'il n'a pas dépensées. Il connaît bien le monsieur de la station-service qui lui délivre volontiers des reçus contre quelques cigarettes. *Ce salaud de patron, avec tout ce qu'il se met dans la poche, si je peux t'aider*. Le midi, il fait le tour des restaurants où il aurait pu s'attabler et ramasse les tickets laissés sur les tables. Parfois, il demande si on peut lui faire un duplicata, *oui, mon patron a mangé ici hier avec son client, ils se sont régalés, d'ailleurs il recommande souvent l'établissement*, deux menus, deux cafés et une bouteille de vin, tout se fait manuellement. Le type inscrit deux repas complets, 145 francs, un coup de tampon et l'affaire est réglée. Le mari reste quelques minutes dans sa voiture à fumer une cigarette et rentre à la maison, un peu content. À la fin du mois, il étale tous les tickets sur la table de la cuisine, écrit au dos le nom du client concerné, parfois un ou deux commentaires, *client peu intéressé*, *client à démarcher à nouveau*, *contrat client à venir*, une précaution supplémentaire, on n'est jamais trop prudent. Puis il prend sa calculette, inscrit le montant total dépensé en bas d'une feuille, y agrafe les tickets, met le tout dans une pochette plastique, écrit dessus au feutre et en majuscules *frais du mois*, et attend quelques jours pour recevoir son chèque en complément de son salaire.

Le samedi, ils vont au supermarché dans le centre commercial de Rosny-sous-Bois, à un quart d'heure en voiture de la maison. Ils partent vers midi, le ventre vide, ils trouveront à manger sur place. Comme tout le monde, ils poussent leur caddie qui se remplit de l'essentiel, comparant les étiquettes, le prix et le poids, pas de place pour le superflu ou pour la nouveauté. Ils reviennent toujours avec les mêmes achats, malgré la multitude des références alignées : du lait, du beurre, des pâtes, des produits ménagers, un plein d'essence. Un jour, au rayon viennoiserie, le mari a pioché un croissant dans une boîte de six, elle était ouverte et visiblement entamée, il s'est dit pourquoi pas. Il a montré la boîte à sa femme, avec un léger mouvement de tête qui voulait dire *sers-toi*. Elle a hésité une demi-seconde, son ventre gargouillait, elle a vu les gros yeux de son mari qui déjà s'impatientait, alors elle a engouffré à son tour un croissant dans sa bouche. Il était mou, elle l'a plié en deux pour le coincer dans la joue, il a formé comme une boule de chewing-gum, elle a fini par l'avaler sans le mâcher. Jamais elle n'aurait cru faire une chose pareille, sa mère l'aurait giflée, mais elle a oublié d'où elle vient, une amnésie permanente. Il a suffi de ne penser à rien pour que cela soit possible.

À partir de ce moment, ils ont commencé à arpenter les rayons en traquant ce qu'ils pouvaient se mettre sous la dent, tout y passait, noix de cajou, chocolat aux noisettes, madeleines, chips, tout se mélangeait dans le palais, le sucré, le salé, le croustillant, le cru, jusqu'au rassasiement. Ils passaient en caisse avec les courses pour la semaine, le ventre plein, en rotant.

Ça a duré des années, même après l'enfant. Lorsqu'elle était enceinte, la femme était plutôt à l'affût de laitages, dans son état elle avait besoin de calcium. Dans le rayon des yaourts et des fromages frais, elle convoitait les fromages à pâte molle à la coque en cire rouge, dont on peut ne faire qu'une bouchée. Son mari coupait avec les dents le filet rassemblant les douze fromages miniatures, l'affaire de quelques secondes. Alors la femme passait avec le caddie, piochait un petit fromage, le coinçait discrètement dans sa paume, tirait sur la languette pour le dégager de la coque en cire, puis gobait le palet rond et blanc. Elle repassait ainsi deux ou trois fois, c'était bon pour le bébé. Parfois, elle variait avec des carrés de fromage emballés individuellement dans une boîte en carton s'ouvrant par un système de coulisse. Rien à déchirer, il suffisait d'une pression et les fromages apparaissaient. Pour ne pas prendre de risque, la mère posait la boîte dans le caddie et une fois les fromages avalés, ils fondaient lentement dans le gosier, elle remettait la boîte dans le rayon comme si de rien n'était. Peu à peu, ils n'eurent plus d'embarras à se faire plaisir, ils y pensaient parfois la semaine, ils prenaient bien en compte les qualités d'emballage, préférant plutôt les produits avec l'indication *ouverture facile*, ce qui limitait leur choix. Mais dévisser, arracher, décapsuler, déchirer, rien ne les arrêtait, en verre, en plastique, en carton, tous les récipients leur étaient devenus familiers, un jeu d'enfant.

Au fil du temps, ils sont montés en puissance, s'offrant quelques fantaisies, de nouveaux goûts, de nouvelles textures. Le mari jetait son dévolu sur les tablettes de chocolat, au lait ou noir, amandes entières. D'une main il arrachait le papier, puis coupait une ligne de quatre carrés d'un mouvement sec du poignet et les portait goulûment à sa bouche. Tout se faisait dans l'urgence, il ne se permettait pas de laisser fondre, de mâcher, d'apprécier. Il aimait aussi les chips au parfum barbecue, les mélanges apéritif, les olives fourrées d'une amande ou d'un morceau de poivron, les viennoiseries surtout, faciles à engloutir. La femme aimait mieux le lait aromatisé et les compotes pour enfants aux parfums exotiques, proposés dans des gourdes, sans morceaux. Elle aspirait la compote, refermait le bouchon, replaçait la gourde dans l'emballage en carton, format familial, en attendant de le remettre en rayon. Ils avaient chacun leur caddie, se croisaient parfois par hasard, les joues pleines, des miettes collées au teeshirt, la main dans le bocal. Et puis, c'était fini, ils étaient repus, le ventre rempli de tous ces aliments gobés sans mastiquer qu'ils mettraient des heures à digérer, tout ce gras et tout ce sucre, alors ils repassaient par les rayons, reposaient les boîtes à moitié vides, les tablettes déchiquetées, les sachets éventrés, gardaient les produits ménagers, le beurre, les pâtes et le lait, puis passaient par la caisse cinq articles maximum ; dans son état, la mère était prioritaire. Une fois les courses dans le coffre, ils rentraient à la maison par le périphérique, le mari mettait l'autoradio, la femme somnolait, ils ne s'adressaient jamais la parole, épuisés par la digestion, et de toute façon pour se dire quoi.

C'était l'hiver, à six mois de grossesse ils exploraient désormais les rayons textile et électroménager. Le ventre de la femme s'arrondissait, elle portait des robes chasubles et des tuniques amples. Ils pouvaient facilement glisser dans les poches quelques camemberts, deux ou trois bricoles, une aubaine. Pour le bébé, ils avaient besoin de bodys, de brassières, de bavoirs, de gigoteuses. Il suffisait de les rouler pour faire des boules de tissu que la femme calait sous l'élastique du pantalon. Dans les poches du manteau, le mari fourrait un thermomètre, des chaussons, des bavoirs, de l'éosine aqueuse. Parfois, elle mettait ses mains sous le ventre, pour maintenir les petits vêtements en place, dans cette pose si délicate des futures mères. À la maison, elle disposait sur le lit la layette fragile, en attendant le jour heureux où elle pourrait la mettre à son bébé. Chaque semaine, elle étoffait le trousseau des dernières pièces puis, quand celui-ci fut complet, elle passa de la taille naissance aux tailles trois et six mois, l'enfant grandirait vite. Enceinte, elle suscitait l'empathie, elle était intouchable. C'est ainsi qu'ils devinrent de plus en plus téméraires, se remplissant les poches et le ventre, passant par la sortie sans achat. Parfois la femme se reposait sur le siège arrière de la voiture, les jambes étendues sur le skaï noir, pendant que le mari faisait un petit aller-retour, juste quelques piles et des ampoules, ça pouvait toujours servir. En l'attendant, elle posait ses lunettes sur ses genoux et fermait les yeux pour oublier ce parking qui sentait le fuel et la tôle et cette souffrance à l'intérieur qui couchait tout sur son passage, elle n'avait pas vingt ans.

Un jour, juste devant eux, un homme s'est fait interpeller par un vigile en civil, il avait dans sa poche une canette de bière et un sandwich au jambon en promotion. Il était sale, le cheveu hirsute, repérable. Le vigile l'a attrapé par le col, l'a poussé violemment vers la sortie, *je te préviens, si tu remets les pieds ici, j'appelle la police.* Le mari a senti comme une brûlure dans l'estomac, c'était un avertissement, pourvu que jamais il n'ait à subir une telle humiliation. La femme, elle, n'éprouvait rien, malgré les poches farcies, les hanches pleines, peut-être espérait-elle que les doublures craqueraient finalement, elle les avait pourtant renforcées avec du fil à ficeler le rôti, elle pourrait enfin se reposer, arrêter cette folie, elle n'en pouvait plus de toutes ces empiffrades, son mari comme un goéland. Cette arrestation lui est apparue comme un espoir, peut-être le vigile la délivrerait-elle de toutes ces heures de honte, elle ne disait jamais combien elle avait honte, la nuit elle se prenait à rêver qu'il empoigne le mari pareil, prenne sa crasse obèse, le jette hors de sa vie, lui qui écrasait sa jeunesse, piétinait sa beauté. Ce mari, c'était comme le pays d'où elle venait, une simple déception.

Le samedi suivant, elle a dit qu'elle était fatiguée, qu'elle ne pouvait pas venir cette fois, et s'est sentie soulagée, comme une enfant qui n'ira pas à l'école aujourd'hui. Elle s'est allongée sur le lit, a glissé son corps lourd sous les épaisses couvertures en laine, l'air passait sous la porte d'entrée et par les fenêtres comme des passoires, elle avait froid. Elle entendait derrière la paroi le bruit des casseroles et les voix des enfants jouant dans l'appartement voisin. Il n'était pas question qu'elle retourne là-bas, elle trouverait une excuse.

Pendant quelque temps, le mari a continué sans elle, mais sans son gros ventre, sans ses vêtements difformes, il était moins performant. Il continuait de manger à volonté, la bouche fermée, un ventriloque. Parfois, il se perdait dans le centre commercial, il aurait voulu s'offrir une télévision mais ce n'était pas le moment, il faudrait bientôt déménager, dans l'appartement qu'ils louaient actuellement ils ne tiendraient pas à trois. Il allumait une cigarette, restait un instant devant les images en couleurs qui défilaient, puis détournait les yeux de l'étiquette, trois mille six cents francs en trois fois sans frais, il se prenait à rêver que, le soir, il se mettrait dans son fauteuil en rentrant du travail, s'installerait devant la télé avec quelques chips, peut-être un pastis, en attendant le dîner. Il reprenait ses esprits, descendait l'escalator jusqu'au parking, le sol était jonché de sacs plastique et de mégots. Il vidait ses poches sur le siège passager, plusieurs tablettes de chocolat, deux boîtes de thon et des éponges, il sortait du caddie les trois bouteilles de lait et la purée mousseline, puis prenait la route jusqu'à la maison.

C'était le mois de décembre, il faisait presque nuit, il avait vingt-cinq ans et se sentait vieux déjà, où étaient passés ses rêves d'enfant, il disait *quand je serai grand, je serai médecin*, sa mère le regardait fièrement, mon fils sera médecin, tout ça a été emporté en arrivant en France, dans les tourbillons de la Méditerranée, il a fallu ranger les rêves et la fierté, tenir debout en costume cravate, perdre l'accent et la mémoire. C'est là que la colère a germé, le long du périphérique, sur la route du supermarché. En rentrant à la maison, il trouvait sa femme emmitouflée et endormie, elle devait rêver elle aussi. Il notait sur son cahier la dépense du jour, c'était la fin du mois, ils mettaient plus de la moitié de son salaire de côté, ça lui donnait du courage et un peu d'amertume. Il refermait le cahier, le glissait dans le tiroir du chevet, buvait un grand verre d'eau à cause de tout le sucre qu'il avait dans le sang, puis il enlevait ses mocassins, desserrait sa ceinture et s'allongeait sur le canapé-lit en pensant à la paix des promenades le long des plages de Sidi Bou Saïd.

La petite est née et tout a continué comme avant, les samedis les mêmes, avec un landau. Au début, ils mettaient dans la partie basse les paquets de couches et le lait premier âge, ils passaient les caisses en espérant que la caissière ne s'en apercevrait pas, elle ne s'apercevait jamais de rien, elle prenait machinalement les produits sur le tapis roulant en pensant au dîner pour le soir ou à son couple qui battait de l'aile. Jamais elle ne lèverait son derrière pour voir si quelque chose avait été oublié ou pire. Lors de sa formation, son supérieur lui avait pourtant dit d'être attentive, il y avait de plus en plus de vols ces derniers temps, mais ce couple, elle le connaissait bien, rien à craindre, elle avait vu le ventre de la mère s'arrondir chaque semaine, elle était devenue si grosse que le mari lui avait dit un jour qu'ils attendaient des jumeaux.

La petite maintenant a trois mois, cela fait plusieurs semaines qu'ils espèrent qu'une banque leur accordera un prêt, mais le salaire du père ne suffit pas et avec sa myopie, la mère ne peut pas travailler. Dans ses accès de colère, il lui arrive de la traiter de moins-que-rien, de bigleuse, de lui dire qu'elle sert juste à récurer les toilettes, que pour ça, elle n'a pas besoin de ses lunettes, que ses parents avaient raison, mieux aurait valu épouser une Noire que cette myope. Et que sans la dot, jamais ils n'auraient consenti à un tel mariage. Dans ces moments-là, elle pourrait mettre toute sa vie dans une brouette ou un sac en plastique, tant sa vie, ce n'est pas grand-chose, deux ou trois têtes de bétail.

Elle dérive dans dix-sept mètres carrés, se cogne au lit à barreaux blancs, deux pas à peine séparent leur lit de la table à langer, elle purge sa peine, ses larmes sont prêtes dès le matin. Elle avait cherché quelqu'un pour oublier le vide, la jeunesse, d'où l'on vient, ce qu'on ne reverra jamais, qui on est. Elle avait cru qu'avec lui, elle pourrait s'asseoir. Quand il hurle, elle n'est plus sûre de vouloir consentir à tenir debout sur un lit de clous. L'histoire a arasé son passé, son mari rapetisse son avenir, elle avance sur une route sans bancs bordée de pelouses interdites. Le père devient fou des pleurs de l'enfant, des coliques qui lui tordent le ventre comme une éponge, il voudrait éprouver de la compassion mais son cœur gronde, il trime toute la journée, il a besoin de dormir, *fais-la taire cette gosse*. La mère tient dans ses bras le corps frêle, cette terre inconnue qui déglutit la lave tiède, sur sa chemise de nuit. Quand elle est trop découragée, elle imagine poser un oreiller sur la tête de l'enfant, se glisser dans son lit et attendre que tout ça se termine.

III

Ils ont fini par déménager, quitter Montreuil pour Bondy, une banlieue mitoyenne plus au nord. Pour rembourser l'emprunt sur quinze ans qu'ils ont contracté, quarante-deux pour cent d'endettement, ils doivent redoubler d'efforts pour finir le mois, le landau de plus en plus rempli, les notes de frais de plus en plus lourdes, les colères grandissantes. Ils vivent à présent dans un modeste deux-pièces au troisième étage d'un immeuble en centre-ville. La chambre est un peu sombre, mais ici au moins ils ne dorment pas dans le salon. De la cuisine on a vue sur un jardin traversé par une allée menant à des boxes numérotés et fermés à clé pour les voitures. L'air embaume la terre mouillée, le gasoil et un fond de chèvrefeuille. Dès le printemps, la mère passe tous ses après-midi sur une chaise en plastique pliable, à l'ombre d'un églantier. Le nourrisson babille dans la poussette ou sur une couette en molleton rose posée sur la pelouse. Le dîner est prêt dès le matin, le ménage fait avant midi, le linge étendu, plié et trié par couleurs dans le placard. Tout est trop bien rangé, il manque la poussière sur la commode, un pull en boule sur le lit, un bol de lait dans l'évier, des petits moutons sur le tapis en laine de l'entrée, des traces de vie en somme. Elle apaise son angoisse sous une multitude de gestes intangibles, les seuls pour lesquels elle s'autorise une fragile légitimité. Ça sent le détergent et la lessive hypoallergénique dans la maison. Elle attend que la lumière du soir transperce les feuillages pour mettre la table, le feu sous la casserole, l'eau dans la carafe.

Le bébé fait ses premiers pas sur les graviers de l'allée centrale, joue avec ses peluches et ses hochets, sa mère à côté semble ailleurs, on pourrait croire qu'un homme l'attend, mais si elle ferme les yeux parfois, c'est pour oublier le vacarme qu'elle porte en elle. En grandissant, la petite aime s'allonger sur la pelouse pour écouter les oiseaux dans les arbres ou deviner dans les nuages les dinosaures, elle joue avec trois fois rien, des brins d'herbe et des feuilles, ici au moins c'est calme. La mère peut l'observer depuis la fenêtre de la cuisine, regarder la pluie faire vibrer les pompons des roses blanches le long de la haie. La petite trouve dans la nature de quoi s'occuper, des cailloux pour griffonner le sol, des pâquerettes à dépiauter, un ballet de fourmis à décimer. Quand la rage prend le père, elle descend se réfugier derrière les noisetiers au fond du jardin, il faut se faufiler sous les barbelés rouillés mais elle ne craint pas leurs griffes, pas même les ronces des mûriers. Il lui arrive de remonter écorchée jusqu'au sang, comme la mère.

Les printemps passent à compter les papillons et les jours.

Au supermarché, l'enfant traque désormais les paquets ouverts dans lesquels elle peut piocher, c'est comme un jeu, elle se dit qu'elle a beaucoup de chance. Au début, elle mettait des bonbons dans ses poches, son père ne disait rien, elle le voyait faire aussi, c'était normal. La mère ne vient plus, elle ne mange plus beaucoup de toute façon. Le père et l'enfant aiment bien être ensemble, ça ne les dérange pas qu'elle reste allongée sur le lit tout l'après-midi à regarder le plafond, les cachets sur la table de nuit. La petite a maintenant huit ans, elle est malicieuse, jamais vu une bouille pareille. C'est elle qui ramène les plus grosses prises, un jour elle est sortie avec un autoradio, le père était fou de joie, elle ne l'avait jamais vu comme ça. Sur la route du retour, il s'est mis à chanter, *mes chers parents je pars*, on voyait jusqu'au fond de sa gorge, il lui a même dit qu'elle était belle. Elle est prête à tout pour éteindre la rage dans le ventre du père, elle peut tout sortir, tout engloutir, tout glisser sous le pull, elle peut tout faire croire et tout donner à imaginer, il lui suffit de sourire, de prendre son petit air, et puis elle a ses yeux à faire fondre les glaciers.

De ce petit air le père est fou, il sait ce qu'il permet à l'enfant, tout ce qu'elle obtient grâce à lui, il ne se trompe pas là-dessus, c'est comme ça qu'elle fera tourner les têtes, à oublier le nom des fleurs, c'est comme ça qu'elle lui échappera, qu'elle ira se faire aimer ailleurs. Les garçons la veulent quand elle a cet air-là, plus tard ils auront envie d'elle, de lui bouffer les seins, surtout ses seins à elle, les plus beaux de l'école, la douceur des pêches. Quand le père lui tombe dessus, à cause du sang qui bout dans son corps, qu'il lui dit *c'est pas la peine de prendre ton petit air*, elle comprend qu'elle a ce visage soudain. C'est un visage pour échapper à la foudre, pour gagner du temps, peut-être celui d'une prière. Elle sait que le jour de la naissance du petit frère, il n'a pas suffi à barrer la folie, à éteindre l'incendie, à moins que ses seins, ce jour-là, le père les ait voulus pour lui tout seul.

Dans les rayons, elle est de plus en plus téméraire, elle veut l'éblouir, faire sa fierté. Le père la laisse faire, il admire sa malice, elle n'a même pas neuf ans. Ce samedi-là, ils sont passés trois fois par la sortie sans achat, le coffre était plein, et eux rassasiés. Ils y sont retournés pourtant comme des alcooliques à l'appel du dernier verre.

La petite a repéré des baskets blanches, il y a deux paires à sa taille, l'antivol de la première sur la chaussure gauche, l'antivol de la seconde sur la chaussure droite. Il suffit de prendre un pied dans chaque boîte et de reconstituer une paire, c'est facile comme bonjour. Elle prend plusieurs boîtes et se rend dans la cabine d'essayage, elle échange les baskets flambant neuves contre ses vieilles chaussures, qu'elle glisse dans la boîte vide. Elle remet les boîtes en rayon, ni vu ni connu. Elle aime bien aussi les tee-shirts avec l'inscription 80 qu'elle a remarqués dans le rayon enfants. Elle fait signe à son père qu'elle retourne dans la cabine d'essayage, tire le rideau en velours, ajuste le pan contre le mur pour qu'il ne reste aucun interstice et enfile prestement deux tee-shirts l'un sur l'autre, un bleu et un blanc, taille douze ans. Puis elle remet son sweat par-dessus en s'assurant que rien ne dépasse à la taille ou aux manches. Le père en profite pour lui glisser un soutien-gorge, il dit *pour maman*. Devant la glace, elle pose le soutien-gorge devant sa poitrine, essaie d'imaginer la mère dedans, il lui semble impossible qu'elle porte toute cette dentelle, surtout ce rouge, mais le père sait mieux qu'elle, elle le plie en deux et le coince dans la ceinture de son pantalon. Elle repose un cintre en rayon avec une robe qu'elle n'a pas essayée, afin de justifier son passage en cabine. Il met une bouteille de soda dans le caddie, c'est tout pour aujourd'hui.

C'est quand ils sont passés en caisse que les deux types ont surgi, le premier a attrapé la petite, le second a ordonné au père *suivez-moi*, le père a répondu *oui oui, c'est la première fois, je ne sais pas ce qui m'a pris*. L'homme l'a regardé l'air de dire *on ne me la fait pas à moi*, il en a vu d'autres mais des comme lui rarement, d'habitude il prend des ados à casquette, de la petite friture, pas un gros poisson comme ça, avec une gamine, le genre représentant de commerce, bien habillé, les chaussures impeccables, pas l'air à voler du jambon sous vide. Ils les ont emmenés dans une pièce sans fenêtre éclairée par deux ampoules jaunes, ont refermé la porte derrière eux. Sur le bureau, quatre écrans en noir et blanc de la taille d'un Minitel où défilent en temps réel les images de quatre rayons du supermarché. Sur l'un des écrans, on distingue nettement la cabine d'essayage où la petite se trouvait quelques minutes plus tôt.

Elle a chaud, les deux tee-shirts lui collent à la peau, impossible d'enlever le sweat, à ce moment elle croit encore qu'ils ne savent pas, pour elle. Des gouttes perlent le long du front du père, dans la pièce une odeur de transpiration imprègne les sièges et l'air tout entier, jamais personne n'aère cette pièce moite, poissée par la honte. L'un des deux hommes reste debout, les bras croisés, il a le regard d'un tueur. L'autre se jette sur une chaise derrière son bureau, jambes écartées, les mains dans les poches de son blouson. Il mâche bruyamment un chewing-gum, deux ou trois fois il tente de faire une bulle en glissant la langue dans la pâte blanche, ça fait comme des petits pétards dans la bouche. Il a l'air de prendre un certain plaisir à la situation, on va voir ce qu'on va voir.

Le type debout demande au père de vider ses poches sur le bureau. Il dit *vide tes poches*. Le père pose une poignée de caramels, quatre piles, un camembert, de la mousse à raser en format voyage. Il bredouille qu'il va payer, que ça ne se reproduira plus, l'enfant n'a jamais vu le père comme un chaton. Elle est assise sur une chaise en plastique, les yeux rivés au sol, sonnée. Elle regarde ses baskets, c'est comme si elle avait deux gyrophares aux pieds, elle voudrait en atténuer la blancheur, l'immaculée blancheur du cuir et des lacets neufs. Elle ne veut pas pleurer. L'autre type demande au père de retirer sa veste, de la poser sur le bureau. Il se lève, fouille les poches intérieures, en sort le permis de conduire, appelle le père par son prénom, écrit son adresse sur un papier, date et lieu de naissance, 12 octobre 1946, Tunis, Tunisie, puis s'avance vers lui, très près, comme un boxeur, regarde la photo, le dévisage, *en voilà une belle tête de voleur*. L'autre s'approche à son tour, palpe le torse, sous les bras, le ventre, lui fait enlever sa ceinture, baisser le pantalon. Un bout de tissu rouge tombe au sol, le type ramasse la culotte en dentelle, la met sous le nez du père, *tu t'embêtes pas mon lapin*. La petite observe les cuisses robustes, le pantalon sur les mollets, son père en slip. Il a l'air moins grand, le cou rentré dans les épaules, le dos voûté, elle trouve qu'il est gros, poilu, elle le voit pour la première fois. Le père ne la regarde pas, il ne peut pas, il est perdu aux yeux de l'enfant, il le sait.

L'un des deux se tourne vers elle, *approche-toi*. L'enfant se lève, s'avance à hauteur de l'homme, il est immense, deux fois sa taille, elle voudrait disparaître sous un foulard rouge, même si elle sait maintenant qu'on a beau croiser les doigts, on ne disparaît pas comme ça. Ses cheveux collent à son front comme des algues gluantes, ses jambes la portent à peine. Il dit *elle aime bien les culottes rouges, ta mère ?* Elle ne sait pas quoi répondre, elle pense à sa mère qui doit dormir sur le canapé, assommée de somnifères, qui s'inquiétera à son réveil c'est sûr, s'ils ne rentrent pas bientôt, elle pensera à un accident de voiture ou à une panne d'essence, le reste, elle ne peut pas l'envisager. Le type s'approche encore, il se baisse jusqu'à elle, elle sent son haleine abyssale, un reste de déjeuner et de chlorophylle, elle voit les picots de la barbe comme des têtes de clous sur les joues et le menton, elle voudrait lui faire son air, celui qui change les fraises en poires, qui fait rougir les arbres, mais rien ne vient. Il n'y a dans ses yeux que quelques larmes qu'elle retient pour plus tard.

Alors, tu as perdu ta langue. Elle ne sait pas, elle ne sait pas quoi dire. Son corps ne répond plus. Lever les yeux vers lui, c'est au-dessus de ses forces, il met son index sous son menton, soulève son visage, *regarde-moi.* Un seul battement de paupières a fait éclater les larmes sur ses joues comme un nuage percé. Elle pleure, elle le fixe, elle pleure. Il trouve qu'elle est belle, se dit que plus tard elle fera des ravages si elle ne finit pas en taule. Il lui fait signe d'enlever son sweat, elle est désemparée, elle obéit. Son cou est trempé de sueur, les tee-shirts collent à sa peau, dans la précipitation, elle a enfilé l'un des deux à l'envers, l'inscription 80 dans le dos. L'homme voit le corps de l'enfant moulé sous le coton, il voudrait bien toucher le petit ventre et la poitrine qui pointe déjà, il est nerveux. Il l'attrape par le bras, lui retire le premier tee-shirt, puis le second, dessous elle porte une petite brassière qui vient avec. C'est un temps suspendu, celui des yeux des hommes sur sa poitrine, ceux du père aussi, elle les laisse regarder puisque c'est ça qu'ils veulent, ça elle le sait, c'est tout ce qu'elle sait encore.

Elle garde les bras le long du buste, torse nu, livrée à leurs iris, elle se souvient du soutien-gorge rouge qui dépasse de la ceinture du pantalon. L'homme écarte l'élastique, elle sent ses doigts sur sa chair, elle a envie de vomir, il saisit le sous-vêtement, le brandit sous ses yeux, lui dit qu'avec ça elle serait bien jolie, qu'elle devrait l'essayer. Puis en s'adressant au père, *faut croire que tu la gâtes, ta petite*. Elle voudrait bondir sur lui, lui arracher les yeux, le brûler vif. Mais comme avec le père quand il devient fou, elle a cet instinct de survie, elle perçoit que c'est la même excitation, celle de l'homme et celle du père, ça tape dans les mêmes veines. Alors elle fera ce qu'il attend d'elle, elle prendra le soutien-gorge qu'il lui tend, placera les armatures sous le bombé naissant des seins, ajustera les agrafes dans le dos, sans jamais le quitter des yeux. L'homme se tourne vers son collègue, abasourdi lui aussi par le cran de l'enfant. Elle se tient là, avec ses yeux en amande et son corps à la blancheur de lait, les gouttes de sueur roulent le long du cou, suivent la pente de la poitrine, descendent jusqu'au nombril, trempent le début du pantalon, elle sait qu'il est neutralisé. Elle connaît ce moment du basculement où l'autre recule, comme dans une partie de poker menteur.

Soudain, la porte s'ouvre, un homme apparaît, il porte un costume sombre, une chemise blanche, les deux premiers boutons sont ouverts, sans doute la chaleur, il reste un moment dans l'entrebâillement de la porte, dit au type debout près de l'enfant à la peau nue, *suis-moi*. L'autre se lève de sa chaise précipitamment, jette son chewing-gum à la poubelle, on ne lit plus sur ses traits l'expression de la jouissance. La petite ramasse son sweat, le remet à l'endroit, l'enfile à toute vitesse. Elle dégrafe dans le dos les crochets métalliques, fait glisser par en dessous le soutien-gorge, c'est une tache rouge qui tombe au sol, le père remonte son pantalon, reprend le permis de conduire laissé sur le bureau, passe la main sur son visage, comme après le sommeil.

Des éclats de voix montent dans la pièce d'à côté, entrecoupés de longs silences. La porte s'ouvre à nouveau, l'homme au costume s'approche du père, dans sa voix percent la colère et le mépris, il dit *dégagez de là*. Il voudrait lui casser la figure, emmener l'enfant sur la route des vacances, loin des parkings et du centre commercial, lui qui ne connaît pas la joie d'être parent. Elle entend le père lui dire merci, qu'il s'excuse, qu'il est désolé. C'est la haine qu'il sent à présent monter en lui, une rage lointaine qui pourrait le dévaster, s'il n'y avait pas la petite il appellerait la police, il reprend son sang-froid, *c'est à votre fille que vous devriez demander pardon.*

Le père ne demande pas son reste, il s'en tire à bon compte, les voilà maintenant à courir sous les néons blancs du centre commercial. Elle a froid à cause des climatiseurs, des frissons la parcourent comme des décharges électriques, et cette odeur de détergent qui flotte dans l'air elle la reconnaîtrait entre mille. Elle a mal aux yeux à cause des rampes d'éclairage qui crachent leur lumière d'interrogatoire, et tout ce brouhaha elle n'en peut plus. Tout tourne autour d'elle, elle voudrait descendre du manège, son corps cogne le sol brutalement comme un rocher qui se détache de la falaise, elle s'évanouit juste avant les marches de l'escalator.

L'homme au costume sombre a renvoyé les deux vigiles sur le terrain, ils ramasseront aujourd'hui d'autres gars paumés, sans domicile, affamés. Ils n'en menaient pas large, le directeur les a prévenus, s'il les surprend encore à de telles humiliations, comme avec la petite, il les mettra dehors, *c'est bien compris ?* Il se sent fatigué, s'assied sur le siège pivotant derrière le bureau, revoit l'enfant au milieu des monstres, la dentelle sur le corps en train de se faire, les bretelles rouges comme des cordes sur les frêles épaules, le bonnet à moitié plein de la chair blanche des seins, des monstres, c'est tout. Il aurait voulu faire quelque chose pour elle, la sauver du pire qu'il pressent. Il ramasse les deux tee-shirts jetés par terre, les plie minutieusement, il y a dans l'un d'eux la petite brassière. Il hait ce père qui a traîné là cette enfant, à lui bourrer les poches au lieu de l'emmener au cinéma, à la jeter sous le regard des fauves contre quelques babioles, une tragédie à cent francs. Il voudrait rentrer chez lui, prendre sa femme dans ses bras, lui demander pardon de passer tous ces week-ends loin d'elle, ils pourraient tout reprendre à zéro, qu'est-ce qu'il fait encore là. On est samedi soir, il se dit qu'il va emmener sa femme dîner dehors, ça fait des lustres qu'ils ne sont pas allés au restaurant, celui avec l'aquarium. Ils prendront un plateau de fruits de mer pour deux et une coupe de champagne, comme avant, il n'a pas vu le temps passer, il attrape sa veste sur le portemanteau.

Au moment de quitter la pièce, il jette un coup d'œil aux écrans de vidéosurveillance, et voit l'enfant dans les bras du père, la tête renversée en arrière.

Elle reprend peu à peu connaissance, la dernière fois que son père l'a portée comme ça, elle était tombée de vélo sur les graviers, elle devait avoir six ans et son genou était en sang, il l'avait portée jusqu'à l'ascenseur, la mère était effarée, comme si l'enfant était entre la vie et la mort. Dans la salle de bains, elle avait nettoyé la plaie avec un coton imprégné d'un liquide rouge, il lui en reste une petite cicatrice, une légère éraflure. Elle sent contre elle le corps de son père sous la chemise humide et froide, elle est ballottée par les pas pressés, il voudrait l'emmener vite au parking, l'allonger sur la banquette arrière, oublier tout ça, mais elle n'est plus un bébé et il n'a plus vingt ans. Il la repose au sol, se penche au-dessus d'elle, elle voit la chair du cou comme un blanc d'œuf, sa respiration est saccadée, il a le teint pâle et les traits de l'inquiétude, elle connaît ce visage-là, mieux vaut rester tranquille.

Elle dit qu'elle peut marcher jusqu'à la voiture, que ça va. Il ouvre la portière arrière, laisse à la petite le temps de retirer ses chaussures, il ne sait pas pourquoi elle se déchausse, il la laisse faire, de toute façon il n'a plus la force de parler. Il ouvre le coffre pour y mettre sa veste aux poches déformées, le coffre est plein à craquer, une fatigue immense le rattrape. Il démarre, bientôt il fera nuit. Il roule jusqu'à la maison dans un silence de mort, on n'entend que le bruit régulier des clignotants et celui des essuie-glaces qui chassent sur le pare-brise la pluie diluvienne qui s'abat soudain, cette route il la connaît par cœur, chaque virage, chaque rond-point, chaque priorité.

Dans sa tête, tout se bouscule. De temps en temps, il observe sa fille dans le rétroviseur, elle a le visage sans expression, le front posé contre la vitre. Elle regarde défiler, dans le carré de ciel, les barres d'immeubles alignées par-dessus le périphérique, floutées par la buée et les larmes qui reviennent. Quand elle était plus jeune, ils allaient voir la mer, les jours finissaient sur la plage, et même s'ils dînaient de trois abricots et dormaient dans la voiture, elle voudrait encore de ce paradis à l'odeur de caramels mous et d'ambre solaire, elle voudrait encore de sa mère avant la nuit qui l'a prise et ne la lui a jamais rendue, elle aimerait qu'en rentrant, elle la console dans ses bras tièdes mais ça, c'est hors de question.

Elle ne comprend pas bien ce qu'il vient de se passer, elle se dit que son père ne doit pas être content d'elle, qu'en rentrant ça va barder. Pourtant, ils n'avaient rien changé à leurs habitudes, elle avait fait ce qu'il fallait faire, elle savait si bien ce qu'il attendait d'elle, quand il fallait partir, attendre, rejouer. Tous les samedis, déjà dans la poussette et avant même de savoir marcher, elle déambulait avec son père dans les allées du supermarché, le pouce dans la bouche. Pendant que certains enfants allaient à la piscine ou à l'équitation, ils pénétraient dans un monde à eux, une boîte magique dont ils connaissaient les moindres subtilités. Jamais, en dehors de ces heures, il ne passait de temps avec elle. Elle aimait leur complicité qu'elle ne palpait que durant ces après-midi : là, il ne fulminait pas contre le monde, sa femme, la pluie, il était calme comme une plaine, elle pouvait écouter le chant des oiseaux, se baigner dans la rivière et tant qu'il était content d'elle, elle irait vingt fois dans les rayons, jusqu'à la nausée, elle ferait autant de tours de parking que de tours de passe-passe, une vraie magicienne, s'il le fallait.

Elle n'avait jamais pensé que c'était mal, encore moins interdit. Ce qui est interdit, son père sait le lui faire savoir, d'un coup d'œil, elle comprend. Couper la parole, pleurer pour un rien, mentir sur ses notes, ne pas finir son repas, c'est impensable. Mais là, il lui autorisait toutes les audaces, encourageait sa dextérité, riait de ses prouesses, remarquait ses progrès. Il n'y avait pas de ligne rouge, pas de gros yeux, pas de *si je t'y reprends, tu vas avoir affaire à moi*. Il était fier d'elle, elle se sentait aimée.

C'est maintenant que résonnent les mots de l'homme qui les a attrapés, *une bonne tête de voleur*, c'est une évidence soudain, il volait, elle volait, des voleurs. Quand elle sort pour lui acheter des cigarettes, il fume comme une locomotive, deux paquets par jour de Gitanes sans filtre, elle revient toujours de chez la buraliste avec une poignée de chewing-gums au cola, elle connaît le moment exact pour la dévaliser, ça se passe dans cet intervalle de temps où l'autre se retourne pour attraper les paquets sur l'étagère, une fraction de seconde à peine, elle trouve ça normal de dépouiller cette pauvre femme qui a fini par enfermer les confiseries dans des bocaux avec un couvercle. Jamais elle n'aurait imaginé de la part de la petite, elle est si gentille, si bien élevée, toujours *bonjour* toujours *merci*, une crasse pareille. Parfois, la buraliste lui offre un bonbon, on ne résiste pas à son visage de poupée. L'enfant fait partout ce qu'elle a appris à faire. Lorsqu'une copine de classe l'invite chez elle, elle fouille dans les tiroirs, fait les poches des vestes laissées sur le dossier des chaises, rafle tout. Peu importe le butin, une gomme parfumée ou un stylo quatre couleurs dans la trousse au fond d'un cartable, parfois quelques centimes déposés par les parents dans un vide-poches sur l'étagère de l'entrée. C'est comme un radar, elle détecte immédiatement ce qui est à portée de main. Partout où elle va, en classe de neige, chez le docteur, à la boulangerie, dans les hôtels, jamais elle ne revient à vide, c'est impensable comme la pêche sans poissons. Elle n'envisage pas les choses autrement, dans sa tête c'est normal puisque papa serait d'accord, il adore quand elle est forte comme ça, et puisque maman ne le contredit pas.

Depuis que j'écris, ça a repris, l'envie d'éprouver la jouissance ultime, être cette racaille-là. La sensation est la même qu'avant, une familiarité tenace, comme une vieille odeur de draps. En fait, le détecteur a toujours été là, dans le cerveau, malgré moi, je n'ai plus besoin d'un stylo ou d'un peignoir aux initiales brodées, je pourrais m'en offrir avec toutes les lettres de l'alphabet, ce n'est pas la question. C'est un réflexe aussi incontrôlable qu'un éternuement, je sais que rien ne peut me résister. J'ai appris à me raisonner, puisque je n'ai plus peur d'avoir froid d'avoir faim d'être abandonnée, mais c'est un ressac comme la mer qui cogne inlassablement le rocher, épuise les rivages, on ne peut rien faire contre la nature qui nous est donnée, ici un océan de regrets. C'est dans les hôtels que je me délecte le plus de mes performances, que je replonge le mieux en moi. J'ai tant foulé plus jeune les moquettes moelleuses des couloirs feutrés, l'été à finir les assiettes des room-service, à ramasser les savons et les petits pots de confiture, à me baigner dans les vastes piscines réservées aux clients fortunés. Personne ne m'a jamais arrêtée, ni mes parents, ça jamais, ni le personnel d'aucun palace, Elizabeth Taylor, tu te moques de moi ? Avant-hier, à cause de l'écriture sûrement, j'ai recommencé. Je sais que je peux être qui je veux, même une actrice américaine morte depuis une éternité, alcoolique de surcroît.

C'est un jeu d'enfant. Je m'avance vers lui, il fait déjà très chaud, je porte une robe légère en voile de coton et un maillot de bain une pièce. L'homme se tient devant le comptoir, son nom est inscrit sur la poche de sa chemise, Diego en lettres italiques, il a les yeux de la couleur de la piscine, le cheveu souple maintenu en arrière par une noix de gel. L'hôtel surplombe la grande plage, les baigneurs dorment encore, il est 9 heures et chaque matin, depuis quinze ans, il se tient prêt avec son équipe pour l'ouverture de la terrasse. Arrivée à sa hauteur, je lui souris, il ne sait plus trop pourquoi mon visage lui dit quelque chose et pourtant, il ne m'a jamais vue. *Comment puis-je vous être utile ?* Je le regarde avec cette tranquillité qui me rend indétectable, je dis simplement *bonjour Diego*. Je désigne un transat face à la mer, il fait signe à sa collègue de m'installer, une jeune femme mince, les cheveux retenus dans un chignon parfait. Elle étend une serviette épaisse d'un blanc pur, on peut lire le nom de l'hôtel en surimpression, elle ouvre un parasol pour me mettre à l'abri du soleil qui tapera fort aujourd'hui. Je lui demande une carafe remplie de glaçons et un café avec un nuage de lait. Diego revient vers moi quelques minutes plus tard pour s'assurer que je ne manque de rien, *faites-moi signe si besoin*, il pose sur la table un stylo à l'insigne de l'hôtel et le ticket pour le café, j'y appose ma signature, E. Taylor, chambre 303.

J'y vais chaque jour pendant une semaine, l'hôtel a mis à ma disposition une cabine privée pour me changer, un peignoir suspendu à la porte, des serviettes pliées sur l'étagère, des fleurs fraîches dans un vase au-dessus du lavabo en grès, le gel douche sent le propre, j'en ai ramené un flacon pour la maison, tout a repris comme avant, un bonheur indicible. Diego est aux petits soins, je me nourris exclusivement de coupes de fruits rouges et de club sandwichs, je fais quelques longueurs dans l'eau tiède de la piscine trois bassins, personne n'interrompt jamais ce temps délicieux. Elizabeth Taylor ne reviendra pas, mais moi je ressuscite. La note tombera par pertes et profits, Diego devra s'expliquer auprès de son supérieur, il ne saura pas quoi dire, en quinze ans d'ancienneté, jamais il n'a omis de vérifier si le client séjourne bien à l'hôtel, venant de cette femme, il n'avait pu envisager une supercherie pareille.

Ils arrivent enfin à la maison, le père gare la voiture dans le box, éteint le moteur et se tourne vers la petite. Elle a les paupières gonflées, elle voudrait lui sourire, il lui vient un rictus provoqué par le doigt du père, jauni de nicotine, pointé vers elle. Elle entend mais, de ça, elle n'est plus sûre, *ce qu'il s'est passé aujourd'hui, ça restera entre nous*. Elle sort de la voiture, pose ses pieds nus sur le gravier détrempé, il lui demande *où sont tes chaussures ? – Je les ai laissées là-bas*.

Il voudrait se fâcher mais il éprouve de la peine pour elle, elle a le regard dans le vide et il est à bout de forces. Elle a abandonné ses baskets neuves sur le parking, jetées sous la voiture avant qu'elle ne démarre, elle a senti les roues les écraser comme deux noyaux d'olive, elle les avait pourtant voulues plus que tout. Toutes ses copines de classe en ont une paire, elle aurait donné n'importe quoi pour en avoir une à son tour, sauf ça. Elle ne sait pas encore le retentissement d'une humiliation pareille, tout ce qui résonne à ce moment c'est ce mot, *voleur*.

Ils sonnent à l'interphone, prennent l'ascenseur jusqu'au troisième étage, le père est chargé de sacs en plastique orange bourrés à ras bord, les anses lui scient les doigts, il transpire à grosses gouttes, la mère attend sur le pas de la porte, la joue fripée, sans doute l'oreiller, et une légère inquiétude sur le visage. Elle dit *j'ai cru qu'il vous était arrivé quelque chose*, pour une fois elle ne se trompe pas. Elle attrape les sacs avec un air de contentement, ils sont bien remplis, elle vide leur contenu sur la table de la cuisine, elle mettra les aliments frais dans le frigidaire, le reste à sa place dans les placards, les bocaux avec les bocaux, les conserves avec les conserves, le périssable à portée de main, le tout dans le respect des dates limite de consommation. Elle ne peut se soustraire à cette organisation quasi militaire, qui lui fait l'effet d'un anxiolytique.

L'enfant se tient dans un coin de la cuisine, son visage est bouffi d'épuisement, les cernes dessinent deux galets bleutés sous ses yeux, elle n'a plus ni chaussures ni brassière, une seconde d'attention suffirait à saisir son désarroi mais la mère n'a pas le temps, elle s'affaire à son rangement, la petite bras ballants l'agace et elle sent la transpiration, elle déteste cette odeur nouvelle chez sa fille, il est déjà tard, c'est bientôt l'heure de dîner et rien n'est prêt. *Va à la douche*, dit la mère, *et lave-toi bien sous les bras*. Elle a cette mine de dégoût que connaît l'enfant, comme lorsqu'elle sort les poubelles, la petite aimerait bien lui dire qu'elle est désolée d'être cette enfant-là, à puer le poisson, à la décevoir comme ça, qu'elle aurait bien voulu ramener plus de piles et plus d'ampoules, et ce soutien-gorge rouge qui lui aurait fait tant plaisir, elle est tellement désolée qu'elle voudrait n'avoir jamais existé. Elle se déshabille dans la salle de bains, remplit la baignoire à moitié, verse un peu de bain moussant, puis elle s'allonge dans l'eau tiède, le thermostat est toujours réglé pour que l'eau ne soit jamais tout à fait chaude, ils économisent ainsi sur la facture de gaz. Elle glisse la tête sous l'eau, elle n'entend plus le père crier, elle n'entend plus les portes claquer, elle ferme les yeux comme on éteint la lumière, elle resterait bien dans ce silence parfait, elle n'imagine rien des jours suivants, rien des heures dépouillées, rien des rendez-vous manqués. Il y a des jours où l'on meurt pour toujours.

Lundi matin, elle n'est pas allée à l'école, les parents ont prétexté un rendez-vous médical, elle ira en chaussons au Prisunic avec sa mère, elle n'avait pas de chaussures de rechange. Ils feront désormais leurs courses à cinq minutes à pied de la maison, c'est plus cher qu'à l'hypermarché du centre commercial mais ils n'achètent que des produits de première nécessité dont les prix varient peu, et ici ils n'ont pas d'antécédent. Si les samedis passent désormais sans rien pour attendre, jamais ils n'ont parlé de cette histoire, devant l'enfant, en tout cas, jamais.

Pendant les vacances de Pâques, nous sommes descendus dans le Sud. Je n'ai pas vu Vincent pendant deux semaines, nous avons juste échangé quelques messages. J'ai plusieurs fois hésité à l'appeler mais je n'ai pas osé. Il m'arrivait d'imaginer la conversation que nous aurions, je lui parlerais des forsythias qui fleurissent en cette saison dans le parc de nos voisins, et des faveurs de la mousson. Je lui dirais les marées qui décident de nos matinées, ce qu'elles nous accordent d'un reste de plage. Et puis où m'emmène d'écrire, plus loin qu'avril.

À mon retour, je l'ai appelé. J'ai essayé d'attendre la fin de matinée, un horaire raisonnable qui ne trahirait pas mon empressement. Il me manquait. Au bureau, les dossiers s'entassaient, plusieurs projets attendaient mon aval, j'ai paré au plus pressé. Vincent venait d'arriver à Paris, il devait déposer ses affaires chez lui, une petite chambre au septième étage d'un immeuble bourgeois dans l'Est parisien. Les propriétaires l'avaient mis gracieusement à sa disposition depuis qu'il avait guéri leur fils, des années plus tôt, de problèmes respiratoires qu'aucune médecine n'apaisait. Vincent lui avait réappris à faire entrer l'air dans son corps, peu à peu les crises s'étaient estompées sans que les parents comprennent vraiment comment. Leur fils n'était plus essoufflé à chaque effort, il ne passait plus les récréations assis sur un banc dans la cour, il jouait à nouveau avec ceux de son âge. Parfois, je me demandais si Vincent n'était pas entré dans ma vie pour aller prendre la main de la petite fille que j'abritais, il savait la puissance des bourrasques sur les champs de magnolias.

Nous nous sommes retrouvés en fin d'après-midi dans un café derrière chez moi. J'étais repassée par la maison déposer quelques courses pour le dîner et me changer. Je souriais dans la glace comme s'il me regardait, et je voyais dans mon sourire toute la tendresse qu'il m'inspirait, l'expression d'un sentiment pur. Je courais après un commencement qui avait déjà commencé.

Il m'attendait au fond de la salle. J'ai tout de suite remarqué l'hématome qu'il avait au-dessus de l'arcade sourcilière, sa lèvre supérieure était gonflée, légèrement bleutée. Il s'est levé en me voyant, il a pris mon sac qu'il a déposé sur la chaise en face. Puis il m'a serrée contre lui, je pouvais voir dans le miroir ses paupières baissées et sa bouche dans mes cheveux. Je me souviens de ce jour, c'est la première fois que je lui ai parlé de ce rêve qui revenait chaque nuit, et puis d'Agnès. J'ai montré à Vincent une photo de moi à l'époque, celle où je suis dans les bras de ma mère, ma tête contre son chemisier en satin blanc. Il a caressé le visage de l'enfant sur la photo. Ses cheveux avaient poussé, des petites boucles s'étaient formées, couvrant un peu le front. J'ai remarqué une grande veine qui partait du milieu de ses sourcils et finissait en haut du crâne. Je la voyais battre sous la peau, j'ai reculé ma chaise, je lui ai demandé comment il s'était blessé, pour détourner mon attention.

— Une fois par an, pendant les vacances scolaires, nous partons avec les enfants aux États-Unis dans la famille de ma femme. Cette année, je ne les ai pas accompagnés. J'ai profité d'être seul pour vider la maison du superflu, j'avais besoin de faire un grand ménage de printemps.

Il m'a raconté comment il a désencombré la remise de vieilles bûches, de bouts de bois vermoulus, de transats impraticables dont les toiles étaient déchirées, de piscines gonflables trouées. Puis il a continué par une pièce au rez-de-chaussée qui servait de débarras où s'entassaient des fauteuils éventrés, des chaises bancales, des jouets usés. Au bout de deux jours, la pièce était vide. Il a tout mis dans une camionnette, a donné ce qui pouvait l'être à une association caritative, le reste est parti à la déchetterie. Il s'est arrêté sur la route, a acheté de l'enduit, de la peinture et une bâche pour le sol. Le lendemain, il a poncé les murs, repeint la pièce. Il a descendu du grenier une suspension en opaline qui éclairait sa chambre d'enfant et un grand tapis en laine, il s'est souvenu qu'il jouait dessus quand il était petit. Il a accroché la suspension au plafond, puis a placé près des fenêtres une table basse pour les livres et les partitions. Il a cherché dans des tiroirs la clé de la magnanerie, il se souvenait d'une clé en fer forgé avec un anneau légèrement ovalisé. Et puis il a traversé l'allée, glissé la clé dans la serrure, avec l'impression d'avoir voyagé longtemps, de rentrer d'une permission.

Les volets étaient clos, la pièce était fraîche, ça sentait l'humidité. Des malles et des couvertures jonchaient le sol, ici on ne venait jamais. Il a ouvert les fenêtres en forçant sur l'espagnolette qui résistait, a poussé les battants en bois qui avaient gonflé pendant l'hiver, les volets se sont ouverts en claquant sur le lierre.

— Je savais exactement où il était, contre le mur de pierre en face de l'entrée.

Il a soulevé la housse en plastique noire, a posé sa joue sur la surface laquée comme sur un corps qu'on touche pour la première fois ou après une longue absence. Il s'est allongé à même le sol, les bras en croix, une main agrippée au pied de son piano.

Le lendemain, il a sonné chez son voisin dont la maison est de l'autre côté du champ. Il lui a demandé s'il pouvait l'aider à déplacer son piano de la magnanerie jusqu'à la maison. Le voisin est venu après déjeuner, ils ont partagé un café, discuté un peu. La famille s'agrandissait, ils allaient avoir un troisième enfant, le voisin espérait un garçon, cette fois.

— On a fait un tour dans le jardin, les pommiers étaient en fleur, j'ai coupé quelques branches d'eucalyptus pour sa femme. Puis on est allés dans la magnanerie en longeant les panneaux de bois que j'avais installés sur les graviers. J'avais recouvert mon piano de couvertures maintenues par des sangles, il fallait le soulever et le poser sur un chariot à roulettes. Le piano pesait bien cent cinquante kilos, on s'y est pris à plusieurs reprises. J'ai glissé sur la bâche, je me suis blessé à l'arcade sourcilière en tombant.

Depuis, Vincent avait fait accorder son piano, il était heureux, il allait enfin composer à nouveau. Il s'animait en parlant des gestes précis de l'accordeur, à fouiller sous l'ossature de bois, à cogner la fourche du diapason pour faire sonner la note et la comparer à celle de son octave de référence, jusqu'aux aigus. J'avais l'impression que son corps aussi était tendu tout entier au-dessus de l'instrument, dans ses entrailles de feutre et d'acier, l'oreille posée sur le *la*.

— J'ai descendu du grenier le banc en palissandre sur lequel je jouais quand j'étais adolescent. J'ai restauré les décors en rosaces et recollé un des quatre pieds tournés. Je l'ai repeint d'un blanc crème, proche de sa couleur d'origine. C'est un banc ouvrant avec un compartiment de rangement pour les partitions, qui se ferme avec une clé. Plus jeune, j'y cachais mes premières cigarettes et le disque des *Variations Goldberg* de Jean-Sébastien Bach enregistré par Glenn Gould en 1981, que j'avais acheté avec mes économies.

Il a sorti de la poche de sa veste un morceau de papier plié en quatre sur lequel il avait écrit mon prénom, *Mona*. Il l'a posé sur la table, il a dit *c'est pour toi*. J'ai déplié l'enveloppe sans le quitter des yeux, elle abritait une petite clé en laiton avec un anneau ouvragé. J'avais envie de me lever, de l'embrasser, qu'on parte enfin. Mes pensées protestaient, encore une fois il m'emmenait sans m'emporter. J'ai ouvert le mousqueton de ma chaîne de sautoir à laquelle était suspendu mon médaillon en pomponne serti d'une croix verte, j'ai glissé dessus la clé dorée. Nous étions avant la mémoire, reliés comme cet ex-voto au bout d'une chaîne d'or.

Le père continue d'augmenter ses revenus grâce à ses notes de frais fictives, c'est maintenant la petite qui demande les justificatifs de repas dans les restaurants où il n'a jamais mis les pieds. Elle connaît le discours par cœur, c'est facile pour elle, quand elle a commencé elle bégayait un peu, mais depuis elle a pris de l'assurance et finit par se montrer très convaincante.

— Bonjour monsieur.

— Bonjour mademoiselle, qu'est-ce que je peux faire pour toi ?

— Mon papa est venu manger dans votre restaurant hier, il a oublié son reçu pour se faire rembourser, il m'envoie pour vous demander si vous pouvez lui faire un duplicata.

Par précaution, elle ajoute toujours *il n'a pas pu venir lui-même, il garde ma petite sœur à la maison, maman est malade.*

L'homme revient avec son carnet, indique la date de la veille, deux repas complets et le montant que l'enfant lui a indiqué, il y appose un coup de tampon et griffonne une signature illisible. Elle remercie poliment, *merci monsieur*, l'homme est attendri par ce visage si doux, c'est agréable de voir une enfant si bien élevée et qui rend service à ses parents.

Le père l'attend au coin de la rue, en fumant. Elle lui tend le précieux bout de papier, il est content d'elle et à elle, ça suffit. Parfois, il l'emmène en voiture pour se rendre dans la banlieue voisine où un potentiel client a ses bureaux. Parfois, ils prennent le périphérique pour aller à Paris. Elle a huit ans, et l'impression de partir en vacances. Paris lui semble une destination exotique, c'est là où elle vivra, quand l'enfance sera finie. Un jour, le père l'envoie dans un restaurant huppé, il lui demande de dire *quatre repas complets*, une addition bien plus salée que d'habitude. Discrètement, ils regardent le menu midi affiché sur la façade dans un cadre doré et en italiques. Elle ne reconnaît rien des plats qui lui sont familiers, raviolis gratinés, coquillettes au beurre, ratatouille. Le père lit d'un ton pompeux et l'air moqueur, *terrine de foie gras marbré au sésame noir et chutney d'oignons rouges, paleron de bœuf braisé céleri branche, ail et gingembre, tartelette au citron noir d'Iran, dacquoise aux noisettes du Piémont, sorbet poire*. Elle n'est pas tranquille, elle pratique les troquets de quartier, avec des nappes à carreaux, des œufs durs sur le comptoir et des flippers Bally, ici les tables sont recouvertes de nappes en tissu sur lesquelles sont disposés des verres et des couverts de plusieurs tailles, des serviettes pliées en accordéon. Elle pousse la porte et entre dans le restaurant aux tentures pourpres. L'homme qui l'accueille porte un torchon blanc sur l'avant-bras.

— Bonjour mademoiselle, comment puis-je vous être utile ?

Elle est prise au dépourvu, elle sait la phrase par cœur mais n'ose pas demander le fameux duplicata, elle hésite à cause du vouvoiement, des lustres et des dorures, elle pense au trou qu'elle a fait à son collant en jouant ce matin, elle sait pourtant qu'il ne faut pas hésiter.

— Je peux utiliser vos toilettes ?

Celles-ci sont réservées à la clientèle du restaurant, les directives sont claires, mais l'homme ne peut refuser à l'enfant ce petit écart. Il désigne l'escalier au fond à droite, en lui souriant gentiment. Elle longe la grande salle, ses pieds s'enfoncent dans la moquette brun olive, les tables sont déjà dressées pour le soir, les derniers clients viennent de partir, le restaurant est vide, il n'y a plus que quelques serveurs qui s'affairent encore pour que tout soit impeccable avant le prochain service. Elle descend l'escalier en bois, reste un moment devant le lavabo rutilant, ouvre le robinet doré et place sa main en écuelle pour boire un peu d'eau. Elle pense à son père qui l'attend dehors, il doit commencer à s'impatienter et elle ne veut pas le décevoir. Elle se demande ce que veut dire *dupli-*

cata en regardant ses espadrilles usées. Elle s'essuie la bouche d'un revers de main, il faut remonter maintenant. Arrivée en haut des marches, elle s'assure qu'elle est seule dans le restaurant, l'homme qui l'a accueillie est maintenant sur le pas de la porte à discuter avec l'un des serveurs, tout est calme. Sans réfléchir, elle passe derrière le comptoir, parcourt d'un coup d'œil la surface lisse en marbre gris, elle a l'habitude de balayer l'espace en une fraction de seconde, il faut faire vite et être efficace, elle sait faire. Dans un tiroir à moitié ouvert, elle aperçoit un tampon, un calepin en cuir embossé de lettres entrelacées dans lequel sont glissées des feuilles blanches à en-tête du restaurant, des clés et quelques stylos. Elle ouvre délicatement le tiroir pour se saisir du calepin qu'elle glisse sous son col roulé, maintenu par l'élastique de son pantalon, elle met le tampon, les clés et un stylo dans la poche de son anorak, referme le tiroir et s'élance vers la sortie.

— Merci monsieur !

— Avec plaisir, à bientôt mademoiselle.

Elle se dit que ses yeux étaient doux comme ceux de son ours en peluche, qu'elle a eu de la chance de tomber sur lui. Elle distingue son père sur le trottoir d'en face, deux mégots écrasés à ses pieds, les sourcils froncés, visibles malgré le bonnet de laine qui lui couvre le front, elle reconnaît immédiatement son air de dire *alors, qu'est-ce que tu fabriques ?* D'un regard, elle le rassure, elle a l'impression d'avoir fait le casse du siècle, comme le jour où elle était sortie du magasin avec un autoradio sans passer en caisse. Elle monte à l'avant de la voiture, se déleste du stylo, du calepin, des clés. Elle raconte à son père tous les détails de son forfait, elle est tellement excitée d'avoir réussi une chose pareille, il ne pourra plus jamais douter d'elle, elle mettra le monde à ses pieds. Il est fou de joie, avec ça il pourra faire plusieurs reçus dans l'année pour les grands comptes, il pense notamment à ce nouveau client démarché le mois dernier et avec qui il a déjà signé un gros contrat pour le transport de marchandises qui transitent de son siège à ses cinquante points de vente partout en France. À défaut de l'inviter à déjeuner, il faudra penser à lui envoyer une boîte de chocolats la semaine prochaine, c'est le minimum.

Sur le chemin du retour, le père s'arrête chez Bénisti rue Ramponeau, pour acheter des fricassées aux œufs, de l'harissa, des bricks au thon et à la pomme de terre, des baklavas et des makrouds pour le dessert. *Ils ont l'air aussi bons que ceux que fait ma mère*, dit-il, complice, à la femme qui le sert. La petite pense qu'elle ne sait pas à quoi ressemble la mère de son père.

En rentrant à la maison, il embrasse sa femme, elle a un léger mouvement de recul, peut-être la surprise ou la crainte, elle sait que les montées d'affection préfigurent des descentes vertigineuses, mieux vaut rester sur ses gardes. Il prend le cahier posé près du téléphone et note pour s'exercer *4 repas complets* dans différentes écritures, sur la feuille à carreaux. Puis il s'entraîne pour la signature, deux grandes lignes qui se croisent et un point. Il semble satisfait. Il se sert un verre de pastis avec deux gros glaçons, ouvre un paquet de chips et se jette sur le fauteuil en velours défraîchi. La mère met la table, fait chauffer les fricassées dans une poêle chaude, prépare une salade de tomates avec des oignons émincés et quelques olives noires, met la purée de piments rouges dans une assiette avec de l'huile d'olive et de l'ail, pour y tremper le pain. Il est à peine 19 heures, il fait déjà nuit, ce soir ils dîneront tôt et la télé éteinte. De l'eau bout dans une casserole, elle jette des feuilles de menthe avec quelques pignons dans la théière pour accompagner les gâteaux à la fleur d'oranger et à la pistache. Elle pose deux tasses un peu ébréchées sur la nappe en vinyle jaune.

Ils sont repus, ils ont même un peu ri à l'évocation du menu midi, l'infusion a réchauffé leurs corps. Ils envoient vite la petite au lit, cette nuit-là elle entend des couinements dans la chambre de ses parents, un va-et-vient inhabituel, elle ne sait pas faire le lien avec ce qu'il adviendra quelques mois plus tard, quand sa mère chutera de l'escabeau. Elle remonte la couverture sur ses épaules, met son corps en boule sous les draps, elle a froid malgré le tricot en laine sous le pyjama, malgré les chaussettes qui remontent jusqu'aux genoux, c'est ainsi chaque hiver pour trouver le sommeil, il faut les mains entre les cuisses et se contorsionner. Mais elle se moque du froid des os et des frissons, qu'importe, elle sourit en silence. La nuit succède à ce jour fantastique, elle veut y penser encore avant que le sommeil n'éteigne ce bonheur. La mère est même venue lui dire bonne nuit, elle a caressé sa joue. L'enfant aurait voulu la retenir, qu'elle se glisse sous sa couette, leurs corps l'un contre l'autre, elle aurait senti le parfum de sa nuque, s'en souvient-elle encore. Elle voudrait la vie tous les jours comme aujourd'hui, la mère sans le pli sur le front, sans la lèvre mordillée, sans cet air plein d'un fardeau comme une charrette de ciment. Elle se promet de changer le plomb en or, autant que nécessaire, de recommencer chaque jour, d'être une gentille fille comme ça.

La première fois qu'elle a entendu ce mot, elle devait avoir six ans. Il dit qu'elle est une *putain*, qu'elle pue le parfum, elle a dérobé la bouteille d'eau de toilette sur la coiffeuse en formica et a enfilé la robe posée sur le couvre-lit, elle joue à la maman, c'est une coquetterie d'enfant, six ans à peine, une putain. Elle ne sait pas ce que cela veut dire, elle ne demande pas, elle comprend que c'est grave, à cause du visage du père, déformé par la colère ou le dégoût, elle comprend qu'il ne faut jamais recommencer. Mais elle ne sait pas quoi. Une autre fois, elle a trouvé un vieux tube de rouge à lèvres dans une trousse de toilette, elle a d'abord hésité, elle ne voulait pas provoquer de tempête inutile, elle a tourné autour, puis elle a finalement fait glisser la matière sur ses lèvres, un rouge légèrement rosé, très brillant. Elle a enfilé son tutu, un justaucorps et un collant, a retenu ses cheveux en arrière avec un chouchou, et mis deux clips dorés en forme de fleurs à ses oreilles. Elle tournoyait sur la moquette comme une ballerine dans une boîte à musique quand il est entré dans la pièce, elle lui a souri mais c'était trop tard, le mot est revenu, *on dirait une pute*.

Elle est maintenant au collège, sa mère lui a prêté un gros pull blanc qu'elle porte sur un collant en laine noire. Le pull est si long qu'il peut faire office de robe, c'était à la mode de porter des vêtements *oversize* sur des collants ou des fuseaux, avec des guêtres si possible. Toutes ses camarades d'école s'habillent comme ça, elle se sent ridicule dans ses jupes-culottes en flanelle grise et ses sous-pulls en polyester. Les garçons ne regardent pas les filles de sixième en jupe-culotte. Le col du pull est rond, sans décolleté, elle doit retrousser les manches trop longues pour ses bras. Après l'école, elle ne s'est pas mise en pyjama, elle guette le retour de son père, elle se prépare à l'effet qu'elle lui fera ainsi habillée, elle voudrait tant lui plaire, elle n'a personne à qui plaire plus qu'à lui.

Elle entend la clé tourner dans la serrure, elle court jusqu'à la porte d'entrée, les bras grands ouverts, elle voit ses yeux tout ronds, elle a soudain très peur du drame qu'elle va causer, il dit à la mère *c'est toi qui l'autorises à s'habiller comme une pute ?*, et la mère comme toujours ne réagit pas. La petite file dehors sans comprendre. Elle a pleuré le lendemain, en refermant le dictionnaire : PUTE, prostituée, *du latin* putidus, *puant, sale*.

Son désarroi reprendra de temps en temps, *pute, pute*, *putain*, parce que son chandail est trop serré, à cause de ses seins qui poussent, maintenant son corps tire les mailles, dégrafe les boutons du décolleté, arrache l'enfance, déploie les hanches, cambre le dos, son corps met le père en colère, cette maudite colère qui emporte tout, ternit les couleurs, dément le ciel. Elle est encore une enfant, même si elle a pris dix centimètres en un mois, même si les manches de ses pulls ne couvrent plus ses poignets, même si elle a rangé tous ses joujoux dans un carton, elle s'endort avec dans ses bras un doudou. Elle n'y peut rien si elle ne peut plus s'asseoir sur ses genoux, ni monter sur ses épaules, si elle n'a plus envie de sauter à cloche-pied, de jouer à cache-cache. Le père ne supporte pas ce qu'elle devient, il est pris dans une brutalité aigre qui la dépasse, parfois il l'attrape par le col et la jette dehors, il ne veut pas d'une pute dans sa maison. Elle voudrait faire fondre comme un flocon le temps qui lui déforme le corps et met dans la bouche de son père des morceaux de verre. Elle attend sur les marches de l'escalier la fin des bourrasques, cela peut durer plusieurs heures, parfois elle n'a même pas de chaussons à ses pieds. À travers la porte, elle entend les voix dans la télé, des bruits de vaisselle, qu'on tire le rideau. Elle se demande parfois si on l'a oubliée pour de bon. Après il faudra sonner à la porte, mendier qu'on la reprenne, demander pardon, de quoi elle ne sait pas.

Elle peut désormais identifier les alertes et reconnaître les intonations dans la voix du père qui vibre d'autres tessitures à l'orée des déluges. Elle arrive parfois à les désamorcer. Mais la plupart du temps, son petit air ne prend plus, le père n'en veut pas et sa colère déborde comme une boue visqueuse, une eau croupie. Un dimanche matin, le grand-père est venu la chercher devant le portail de la maison, ils avaient déménagé depuis quelques mois, ils habitaient maintenant le pavillon aux volets bleus. La petite était encore en pyjama, les yeux pleins de larmes et de sommeil, pieds nus, l'air hébété. Elle avait renversé son bol de lait ou quelque chose comme ça. Le père l'avait attrapée par les cheveux, avait ouvert la porte d'entrée, béante comme une plaie de cutter, l'avait poussée dehors, elle avait manqué de tomber en arrière à cause des trois marches du perron, il lui avait dit *tu remettras plus jamais les pieds chez moi*, comme si elle vivait chez les voisins. Ce n'était pas la première fois, mais chaque fois c'est un choc, il lui arrive de croire qu'elle va mourir à cause des gifles et des coups de poing qui tombent comme les grêlons. La mère range la vaisselle comme si de rien n'était, l'enfant ne sait pas de quoi est faite sa tétanie, de lassitude ou de lâcheté. Si seulement la mère s'interposait, mettait son corps entre lui et l'enfant, si elle prenait sa place, *jamais tu la touches tu m'entends*, alors rien de ce qui est arrivé après n'aurait été possible. Mais elle ne sait pas faire ça. On dirait que rien ne la renverse ni ne la saisit. À croire que tout est acceptable pourvu que cessent les cris du fou, même s'il faut laisser la petite dehors, la honte dans le corps, abandonnée comme un chien. La honte, je veux encore en parler, comment peut-elle savoir qu'elle porte en elle la honte que lui inspire le père. Elle a dix ans, elle est pétrie de la honte qu'elle a d'elle-même, d'être cette enfant-là, une poubelle sur un trottoir.

Pendant quelques jours, elle a vécu chez ses grands-parents qui l'ont recueillie chez eux, elle se sentait comme une réfugiée, hors de son territoire. Elle entendait les chuchotements dans la chambre, *qu'est-ce qu'on va faire d'elle, elle n'a même pas son cartable*, ils tentaient de faire comme si de rien n'était, la grand-mère avait aménagé le canapé du salon en un lit d'appoint, la petite dormait dans un parfum de lessive et d'amidon, la tête contre le ronronnement du moteur du frigo, cernée d'ombres noires. *Elle n'ira pas à l'école, on dira qu'elle est malade*, elle est restée des heures sur la chaise du salon sans parler à personne, comme électrocutée. Le grand-père lui a acheté une robe, des chaussures, un livre et une brosse à dents. La grand-mère a fait des coquillettes mais rien, l'enfant n'avait plus ni faim ni soif. Il n'y avait dans sa bouche que des pleurs. Le soir, les grands-parents ont décidé d'appeler à la maison, la mère a décroché, ils ont parlé de la journée comme d'un jour ordinaire, tout le monde faisait semblant avec la folie du père, *oui, elle a bien mangé, oui, elle a bien dormi, une robe rouge, des chaussures en 34*. Le père n'a pas voulu prendre sa fille au téléphone, il n'avait rien à lui dire, la grand-mère a insisté mais c'était non. Ça a duré quatre jours et quatre nuits, à manger des larmes. Le jeudi matin, la mère est venue la chercher, avec son air absent. La grand-mère a mis le pyjama dans un sac plastique, elle-même semblait désemparée, a embrassé l'enfant sur la joue et a glissé dans sa main une poignée d'amandes.

Elles se sont dépêchées pour attraper le train de 11 h 05, la mère voulait être à la maison pour le déjeuner, qu'on tourne la page. Elles ont marché côte à côte d'un pas pressé, sans un mot. La petite aurait voulu tenir la main de sa mère, que ce soit pour elle aussi une nécessité, mais elle n'a pas osé saisir le bras ballant et la mère n'a rien proposé, à cause de son cœur, déserté comme un terrain vague. Elles ont attendu quelques minutes sur le quai de la gare, l'enfant avait les yeux rivés vers ses nouvelles chaussures, la mère regardait le ciel en pensant qu'elle aurait dû prendre un parapluie. En arrivant à la maison, la petite s'est jetée sur son lit, elle aurait donné n'importe quoi pour un geste de réconfort, même un mot minuscule aurait pu éteindre ce feu qui lui brûlait le ventre, mais rien n'est venu, jamais sa mère n'a contredit sa solitude, elle ne lui a même pas proposé de mettre la table. C'est sûrement dans ce ruban de silence que l'enfant a commencé à envisager de ne plus rien espérer d'elle, il ne resterait de leur histoire que des ratures ; quelque chose touchait à sa fin.

La mère portait en elle trop d'impuissance, peut-être une fatigue lointaine dont on ne guérit pas. Elle savait le calme provisoire, on ne pouvait pas lui reprocher d'être en permanence sur le qui-vive, elle qu'on avait réveillée un matin pour partir sans manteau. Mais l'enfant ne peut pas expliquer ce qui lui a foré le cœur et la rend plus volatile que des lambeaux de nuages. Elle ne sait mille fois rien d'elle et de cette muraille infranchissable qui la rend orpheline. Elle comprend que le père a tout pris, pillé la beauté, défié l'honneur, désintégré le désir, il n'a rien laissé du goût des pralines, du chant des passereaux, pas même un drap de lin brodé ou une chaise dans son cœur.

Disons que la situation s'est dégradée pour l'enfant quand ils ont quitté le petit deux-pièces pour emménager dans le pavillon aux volets bleus.

Pour l'instant, ils vivent encore dans l'appartement. La mère est enceinte, l'enfant a bientôt neuf ans, elle va avoir un petit frère ou une petite sœur. Le père succombe toujours à ses colères spectaculaires mais elles tournent vite court, les vitres tremblent certes, il lui arrive de se défigurer à cause de la rage qui lui déforme le visage comme un éclat d'obus, bien sûr, il a dans sa bouche les insultes courantes, pour la mère *une moins-que-rien*, *une putain*, pour la petite *on sait de qui tu tiens*, mais il ne gifle plus comme avant, et si parfois il fait claquer sa ceinture sur la chair de l'enfant, il lui semble que c'est plus mollement.

Un jour pourtant, elle est rentrée si triste de l'école que la mère s'en est inquiétée. Elle n'a pas voulu du morceau de pain et de la barre de chocolat, elle n'a pas dit un mot sur le chemin du retour. Après ses devoirs, elle allait toujours jouer sur la pelouse dans le jardin, la nuit tombait plus tard et l'air était doux. Elle aimait humer le chèvrefeuille, souffler sur les aigrettes des pissenlits, elle pouvait passer des heures à ramasser des cailloux qui lui servaient de craies pour dessiner des marelles sur le terre-plein sous les fenêtres de la cuisine, mais pas ce jour-là. Elle est restée sur une chaise en osier dans l'entrée, à imaginer sa vie sans Agnès Molina.

Cela faisait deux ans qu'elles étaient devenues inséparables, le hasard les avait installées l'une à côté de l'autre dans la classe, ou l'ordre alphabétique peut-être. Agnès avait deux ans de plus qu'elle, elle se moquait bien des manches trop courtes de ses tricots, des trous à ses collants, de ses espadrilles en toile de coton, trempées par la pluie, délavées par l'hiver. L'enfant aimait l'odeur de ses vêtements, elle sentait la limonade qu'on sert l'été avec de la glace pilée, ou l'idée qu'elle en avait.

Quand Agnès lui a annoncé à la récréation de 10 heures que ses parents allaient bientôt déménager, son père avait trouvé un travail en Bretagne, qu'elle allait changer d'école, le cœur de l'enfant s'est rétréci comme une éponge laissée sur le rebord de la fenêtre. Elle disait *tu pourras venir me voir, on jouera sur la plage, il faudra demander à tes parents*, mais la petite n'osait pas lui avouer qu'elle n'avait jamais pris le train, qu'elle ne savait pas où était la Bretagne, qu'elle ne demandait jamais rien à ses parents.

À la cantine, Agnès lui donnait son dessert ou le reste de ses frites, son amie n'était jamais rassasiée, elle le savait bien. Quand il pleuvait, elle mettait son anorak au-dessus de leurs têtes, elles rentraient en courant. De son côté, la petite lui faisait répéter sa poésie ou sa conjugaison, l'aidait les jours de dictée ou pour poser une équation. Alors, Agnès lui souriait gentiment et ce sourire, comme le reste, la dévastait.

Ce qu'elle préférait, c'était aller jouer chez Agnès les dimanches après-midi. Elle habitait dans un grand pavillon en pierres meulières. On entrait par un portail à la ferronnerie délicate en haut duquel se dessinaient les initiales entrelacées noir et or d'anciens propriétaires. Les volets étaient peints d'un bleu d'Arcangues. Aux beaux jours, on installait sous la pergola quelques transats sur les gravillons, pour se reposer ou lire. On accédait à la maison par un perron, trois marches donnaient sur la porte d'entrée en bois sculpté. L'intérieur était élégant, les pièces spacieuses et hautes sous plafond, réparties sur trois niveaux. Au rez-de-chaussée, le salon était décoré avec goût et on imaginait les hivers se dérouler là, au coin du feu, assis à même la moquette aux motifs ornementaux ou dans le sofa, face à la cheminée en marbre. Deux portes vitrées aux boiseries raffinées d'esprit Art nouveau séparaient le salon de la salle à manger où la famille dînait le soir. Seules les fenêtres de la cuisine donnaient sur la pelouse du jardin derrière la maison. D'ici, on distinguait la balançoire en fer-blanc suspendue sous le lilas où les petites passaient des heures même sous la neige, emmitouflées dans leurs blousons, leurs gants et leurs bonnets, à se balancer chacune leur tour dans un grincement de métal rouillé. Plus loin encore se tenait le grand cerisier dont l'ombrage protégeait le potager des étés chauds. Un escalier en bois blond desservait à mi-étage la chambre d'Agnès, baignée de lumière. Les fenêtres s'ouvraient sur une terrasse surplombant le jardin. Au printemps, lorsque le lilas était en fleur, ses branches ployaient sous le poids des grappes denses qui embaumaient la chambre. Au premier étage se trouvaient la salle de bains, attenante à la chambre des parents, et un bureau où le père s'isolait pour travailler. Elles allaient rarement au sous-sol qui servait surtout de débarras, abritait une cabine de douche et sentait un peu la terre mouillée.

Agnès habitait dans l'allée au bout de la rue. Le dimanche, elles se guettaient après le déjeuner, l'une espérant voir la silhouette de l'autre. La mère dormait la plupart du temps, le père passait l'après-midi devant la télé, une main sur la télécommande, un cendrier sur l'accoudoir du canapé, quelques noyaux d'olive sur le tapis en fin de journée. La petite s'ennuyait et quand elle tournait en rond comme ça, elle finissait par l'agacer. Quand elle était chez Agnès, au moins, elle n'était pas dans ses pattes.

Les deux amies aimaient filer dans le jardin pour ramasser des mûres et des framboises, déterrer une laitue pour le dîner, observer les escargots. L'enfant apprenait ici à bêcher, planter, retourner la terre, à regarder la nature qui porte et qui renaît, ici elle distinguait les chants des oiseaux, elle n'écrasait plus les fourmis avec des cailloux. Le potager donnait selon la saison ses fruits gorgés de suc et ses herbes odorantes, les fillettes marchaient avec précaution le long des parcelles de sauge, de marjolaine et de persil plat, pour ne pas abîmer les plants réguliers, semés en bordure du sentier qui menait à la cabane en bois au fond du jardin. La cabane servait de réserve à outils pour les menus travaux de bricolage et d'abri, les jours de pluie ou s'il fallait parler. Il lui arrivait d'être impuissante à retenir ses larmes, si l'enfant avait pu mettre des mots sur ce qu'elle ressentait, elle aurait dit que son cœur était brisé comme un vase en cristal tombé d'un buffet.

Pourquoi tu pleures ? insistait parfois Agnès. Quand elle ne pouvait plus se taire, que les larmes roulaient comme des billes sur ses joues, elle inventait avec désinvolture des blessures imaginaires, des chutes de vélo répétées, des cailloux sur lesquels trébucher et saigner. Jamais elle n'a su dire que chez elle, les murs transpiraient de colère. Elle croyait que pour garder Agnès, elle devait taire les offenses et la brutalité. Comment faire l'aveu d'une réalité impensable, le thermostat à quinze degrés, l'impossible sommeil dans les draps glacés, malgré l'école demain, malgré les yeux brûlants de fièvre, le corps collé au radiateur comme une ventouse. Il y a des froids comme des matins, qu'on n'oublie pas, et des douleurs dont même le poète ne veut pas. Elle avait la bouche cousue de honte, cette pâte à mâcher dont les bulles collent aux lèvres. Comment raconter les cendriers, les petites cuillères, les rouleaux de papier toilette, les serviettes-éponges, les savons miniatures, les pistaches plein la bouche, les piles plein les poches, ce qu'ils raflaient dans les cafés, les hôtels, les supermarchés, les stations-service. Elle voulait taire la vérité même si elle avançait avec des bruits de chaînes aux pieds ; cette vérité impossible à semer, qui rendait aigre le vin, les mouettes silencieuses, elle la savait aussi détectable que les ampoules des lustres.

Pour Agnès, elle inventait des vacances à la neige en famille dans des chalets à flanc de montagne, et, l'été, des pique-niques fabuleux organisés par ses parents, où la famille éparpillée aux quatre coins du monde se retrouvait en dégustant des pains-surprise sur les pelouses d'une villa spectaculaire, ornée de lampions en bambou clair. Tous les matins, son père faisait du ski nautique, tenant fermement le palonnier, tiré par un hors-bord, zigzaguant dans les eaux turquoise de la Côte d'Azur pendant que sa mère en jupette et polo blanc s'entraînait à parfaire son coup droit avec son professeur de tennis. Souvent, elle s'inspirait de ce que son père racontait à propos des vacances que son patron passait dans sa belle-famille. L'homme était prolixe et le père absorbait ses histoires qu'il répétait à table, dans les moindres détails. Il voulait sa chevelure impeccable, son teint clair, son parfum boisé, il voulait sa femme au port altier, à la silhouette parfaite dans des ensembles en laine bouclette et boutons dorés, il voulait sa fille tourbillonnant dans des robes à imprimé Liberty au bord des piscines. Il voulait sa maison à Meudon, il disait *sa baraque à Meudon*, il voulait sa voiture scintillante, il crevait d'envie, il se prenait à mimer sa démarche, son air bourgeois, le petit doigt levé en train de siroter son rosé, il aurait voulu l'assommer, lui arracher la langue mais c'était peine perdue, il le savait bien, une affaire de ciel, de petite graine, lui qui n'arrivait même pas à se défaire de ce foutu accent tunisien, il haïssait son patron, sa chance de fils unique, d'héritier des transports Godin. Alors à chaque retour de vacances, elle inventait la vie qu'ils n'auraient jamais à Courchevel, Genève, Portofino ou Saint-Tropez, avec des cousines à queue de cheval qu'elle n'avait jamais vues, et Agnès l'écoutait jusqu'au goûter, en balançant ses jambes.

Une odeur de lait flottait dans la cuisine lorsqu'elles arrivaient en trombe parce qu'il avait plu ou à cause de la faim qui les tiraillait. La mère d'Agnès poussait les légumes posés sur la table, mettait du pain de mie dans le toaster, sortait le beurre du frigo, et ouvrait quelques pots de confiture maison. La voilà en train de s'affairer à la préparation du dîner, éplucher les pommes de terre, battre la crème à la muscade, verser le mélange sur les rondelles finement tranchées, ajouter l'ail et une pincée de sel, peut-être un peu de fromage râpé. La petite absorbait tous ses gestes comme l'encre sur le papier buvard en imaginant sa mère, le soir dans la cuisine, sortant du four, à son tour, un gratin dauphinois.

Certains soirs, elle restait dormir chez Agnès. Avant le dîner, la mère leur faisait couler un bain, relevait leurs cheveux, ramassait les vêtements éparpillés sur les carreaux de ciment. Leurs deux corps plongés dans l'eau chaude et parfumée faisaient parfois déborder la baignoire. Agnès, doucement, lui savonnait le dos, passait le gant dans le pli des bras, dans le creux poplité, sur la chair bleutée des cuisses. Puis elle la rinçait avec précaution et l'enfant se laissait faire, alors que partout ailleurs elle cherchait à se dissoudre dans les motifs des papiers peints. Elle se séchait en s'enroulant dans la grande serviette posée sur le lit et enfilait un tee-shirt Fruit of the Loom qui la couvrait jusqu'aux genoux. Puis elle arrangeait ses cheveux encore humides à l'aide d'une petite brosse en écaille pendant qu'Agnès s'installait sur la chaise devant le miroir rond, pour défaire ses longues tresses qui ondulaient maintenant sur ses reins comme un banc de harengs blonds.

Elles s'empressaient après le dîner d'aller se coucher. Elles grimpaient quatre à quatre les marches de l'escalier menant à la chambre d'Agnès. Elles se déshabillaient à la hâte, juste la culotte pour dormir, parce qu'ici il faisait bon, puis elles se glissaient dans le lit. Les parents venaient les embrasser, caressaient leurs fronts, remontaient les couvertures jusqu'au menton puis ils sortaient de la chambre sur la pointe des pieds comme s'il s'agissait de deux nouveau-nés dans un couffin. Agnès calait son corps contre le sien, elle la recouvrait comme un châle d'angora. Alors, l'enfant déroulait dans la pénombre ses histoires fantastiques en chuchotant jusqu'au sommeil, dans les cheveux de blé. Pendant la nuit, si elle ouvrait les yeux, elle trouvait son amie qui la regardait en souriant et dans ce sourire, elle pouvait compter jusqu'à la dernière les petites dents de nacre. Souvent, Agnès la tenait par le poignet et c'était comme si elle la rattrapait de justesse d'une chute ou de la force d'un courant. Il leur arrivait de se prendre dans les bras, entremêlant leurs jambes, la tête de l'enfant contre le torse lisse d'Agnès. Auprès d'elle, son cœur était calme comme pendant l'arrière-saison d'une station balnéaire, et même quand tout tanguait, quand il disait *ça va mal se passer*, juste avant les chaises renversées, la vaisselle cassée, dans ses yeux les flammes mouvantes, elle savait ce lopin fertile et vert, une terre à l'abri des incendies et des naufrages, là, dans les rubans des bras d'Agnès, elle rêvait des roses. Parfois, elle se surprenait à imaginer que ses parents mouraient d'un accident de voiture et que les parents d'Agnès l'adoptaient. Elle deviendrait

Mona Molina, elle aurait donné n'importe quoi pour s'appeler comme ça, *Mona Molina Mona Molina*.

Son amie allait avoir onze ans, deux ans de plus qu'elle. L'enfant n'avait aucune idée de ce qu'il se passait dans leurs corps, les mots à mettre sur les palpitations qu'elle éprouvait quand elle posait sa bouche dans son cou, à la racine des tresses, dans les effluves de shampooing au tilleul. Parfois, Agnès l'embrassait au coin des lèvres, il lui arrivait de glisser ses mains dans sa culotte. Ses joues rosissaient quand les doigts caressaient la fente duveteuse et s'ils s'enfonçaient dans le petit trou elle riait. Parfois, elles le faisaient ensemble, chacune caressait l'autre sous le coton blanc et leurs va-et-vient les transportaient sans pouvoir dire où. Agnès l'aimait et personne ne l'aimait comme elle.

La petite buvait ces nuits blondes, sa soif était intarissable et son bonheur clandestin. Il y avait dans ces heures lamées les pansements pour demain, c'étaient les seules à pouvoir la distraire de ce désespoir dont elle était saisie parfois et dont on ne peut même pas faire un refrain. Elle aurait voulu clouer l'éternité au bois des palissades, tatouer à l'aiguille les troncs de leurs prénoms, que jamais on ne la lui prenne. Comme avec les hommes plus tard, elle était crevée de terreur à l'idée de perdre Agnès.

Ce soir-là, elle s'était couchée sans dîner et ce n'était pas une punition. La mère avait vérifié sa température, lui avait demandé si elle avait mal au ventre ou à la tête, avait posé un gant humide sur son front. Au bout de quelques jours d'une tristesse diffuse, l'enfant avait fini par avouer entre deux sanglots qu'Agnès allait bientôt déménager. Les parents l'avaient regardée sans comprendre, incrédules qu'un événement aussi mineur l'ait à ce point dévastée. Le dimanche suivant, le père était venu chercher sa fille qui passait l'après-midi chez Agnès, il avait sonné à la porte, une boîte de chocolats assortis de chez Saber et un bouquet de pivoines à la main. Ce qu'il s'était passé ensuite, la petite ne le sait pas. Elle avait trouvé son père assis à la table du salon, grignotant des madeleines, sirotant un café dans un mazagran en faïence grège. Elle l'écoutait évoquer les transports Godin, sa future promotion au poste de directeur adjoint, et l'arrivée dans quelques mois de leur second enfant. De tout ça, elle n'avait jamais entendu parler, elle savait la tradition familiale de tricoter des pans de vie au point crochet, elle n'avait pas osé demander pour le bébé.

Il était revenu plusieurs dimanches de suite, en costume et les chaussures cirées, avait visité toutes les pièces de la maison, fait un tour dans le jardin, humant les feuilles de menthe, caressant les tiges de ciboulette. Le soir, il prenait son cahier, parlait d'un emprunt sur vingt-cinq ans, à moins d'un héritage, en enchaînant les cigarettes. Ils avaient passé l'été à faire des cartons, à arpenter les allées du centre commercial, à sucer des têtes de poisson. À la rentrée, ils avaient emménagé dans le pavillon aux volets bleus, mis les vêtements sur des cintres dans les penderies, posé les piles de draps dans les armoires, écrit leur nom sur la boîte aux lettres, acheté une télévision couleur. Après l'école, la petite trouvait sa mère dans le jardin, assise sur un banc en bois, dans une robe chasuble à carreaux. Agnès était dans tous ces paysages, les souvenirs avaient imprégné chaque pièce de la maison et conservé la forme de son corps sur les coussins, le reflet de son visage dans le miroir de la salle de bains. Pendant un temps, c'était comme si elle avait laissé la lumière allumée dans une pièce où elle ne reviendrait jamais, il restait quelques lueurs d'elle, ses tresses comme deux embrasses, sa silhouette adolescente au bout de l'allée ; puis à l'automne, tout s'est éteint.

La mère passait ses journées à contrer la poussière qui se déposait sur le dessus des portes, à nettoyer les vitres et les poignées, à frotter l'intérieur des meubles de cuisine. Elle lustrait les marches de l'escalier plusieurs fois par jour, avec une chamoisine, le corps plié en deux, le ventre débordant de l'enfant à venir. À six mois et demi de grossesse, elle avait pris près de vingt kilos. Ce jour-là, elle est allée chercher un vieil escabeau en bois dans la cabane au fond du jardin, a passé une éponge sur les toiles d'araignée, l'a porté jusqu'à la salle à manger, elle s'était mis en tête de nettoyer les pampilles en verre du lustre, elle voulait les voir scintiller comme les écailles des poissons. L'enfant est rentrée à midi pour déjeuner, a trouvé un chausson retourné dans le couloir de l'entrée, sa mère inanimée sur le parquet ciré.

Un filet de sang dessinait une ligne tremblante depuis le front jusque sous le menton, cela ressemblait à de la terre séchée. Elle est restée longtemps à côté du corps de sa mère, sans savoir quoi faire, ni même pleurer. Elle a ramassé le chiffon, reposé le flacon pour les vitres sur la table basse, rassemblé les pampilles éparpillées au sol. Elle a arrangé la robe relevée jusqu'au ventre dont les nervures lui ont semblé celles des feuilles, remis les chaussons aux pieds, poussé les cheveux qui recouvraient le visage blanc comme un marbre de Carrare. L'escabeau gisait sur le tapis, en tombant il avait laissé une entaille sur la table en merisier, la petite espérait que le père n'en ferait pas un drame.

Elle est allée à la cuisine prendre un verre d'eau, a avalé un yaourt, elle avait faim. Il était l'heure de retourner à l'école, elle a enfilé son anorak, tiré les rideaux à cause du soleil qui inondait le salon et pâlissait le bois des meubles. Elle s'est demandé s'il fallait qu'elle referme les persiennes, c'est sans doute ce qu'aurait fait sa mère mais elle n'avait plus le temps, elle a fermé la porte, tourné la clé dans la serrure, descendu les marches du perron et s'est engouffrée dans la rue en courant. C'est une fois assise dans la classe, un stylo à la main, devant son cahier de géographie, qu'elle a été prise de violents sanglots, comme si elle vomissait des larmes. Son professeur s'est approché d'elle, a voulu savoir si elle avait mal quelque part, mais elle faisait non de la tête sans pouvoir dire un mot, encore moins *maman est morte*.

Elle a attendu dans le bureau du directeur qu'on vienne la chercher, une boule au fond de la gorge.

Elle aurait voulu boire et un mouchoir, elle n'a pas osé demander. Son père est entré en trombe dans la pièce, les stores se sont soulevés à son passage, la fenêtre a claqué à cause du courant d'air, elle a cessé de renifler. Il a dit *viens dépêche-toi*, elle a éprouvé une sorte de soulagement qu'enfin on lui parle, même à l'impératif et sans la regarder. Ils ont filé jusqu'à la voiture comme poussés par le vent, se sont jetés sur les sièges en simili brun, le père a démarré dans un silence d'enclume. Il a déposé l'enfant devant le portail, comme un encombrant, sans couper le moteur, il a dit *tu n'ouvres à personne, on revient*.

Une fois dans la maison, elle a enlevé ses chaussures, accroché son blouson sur le portemanteau, posé son cartable sur la chaise dans le vestibule. Elle est restée un instant au seuil de la pièce, là où quelques heures plus tôt gisait le corps de sa mère dont elle voyait encore les contours comme une aquarelle fine sur le parquet au lustre désormais indécent. Elle a ramassé un petit bouton doré qui brillait sur le tapis de la salle à manger, l'a fait longtemps tourner entre ses doigts puis l'a glissé dans sa poche, il faudra le donner à maman à son retour. Elle s'est assise par terre, près de la carcasse en bois restée au sol, une des marches semblait avoir été déchiquetée par les mâchoires d'un requin, un bout de tissu à fleurs pendait à l'extrémité, retenu par une écharde pointue comme un tesson de verre. L'air était dense, plein d'un drame qui n'a pas fini de se dissiper, collant aux rideaux, poissant les poignées de portes, ce silence qui suait des murs la faisait tressaillir, jamais on ne l'avait laissée seule à la maison, même si maman n'était jamais tout à fait là.

Le soir est tombé à la renverse, lui aussi. Dehors, tout échouait. Elle est restée ainsi jusqu'aux dernières lueurs du jour, suspendue comme à un fil au retour de ses parents, *on revient*. Elle s'est endormie dans un sommeil fragile, à cause du qui-vive qui griffait son cœur, au milieu des pampilles de verre comme les galets à marée basse. Puis la lumière dans l'entrée a déchiré l'obscurité, ça sentait la nicotine, c'eût été trop beau qu'encore un peu elle rêve.

C'est là que la mère a disparu tout à fait. Elle est rentrée de l'hôpital le lendemain après-midi, les yeux gonflés, le bras bandé, le corps cureté, blanchi d'avenir. Elle est montée dans sa chambre, elle en avait assez d'elle-même, elle se sentait coupable d'être qui elle était, incapable de mieux, elle a avalé deux gélules avec un grand verre d'eau, un reste de vie s'écroulait.

La vie pourtant a repris comme avant, de temps en temps il arrivait à l'enfant de la voir sourire ou s'habiller. Des voisins ou de la famille les visitaient parfois, tout ici semblait normal et presque un peu bourgeois, peut-être même qu'on les enviait. Ils recevaient dans le salon sur le canapé près du thuya ou dans le jardin, sur des transats, à l'ombre du cerisier, on servait du café dans des tasses de Sarreguemines, un gâteau sortait du four. L'enfant aimait ces dimanches drapés d'apparences, où elle portait une robe à motifs et des barrettes dans les cheveux, assise sur les genoux de sa mère dans un tailleur beige gansé aux extrémités de gros-grain noir. Elle ne lui connaissait aucun goût le reste du temps pour les colliers en turquoise ou les chandails à fleurs. Hormis une robe de chambre rose pâle, l'enfant ne se souvient pas de grand-chose, sinon peut-être un manteau gris à carreaux, deux ou trois robes unies ceinturées à la taille, une jupe plissée. Elle aimait pourtant quand sa mère coloriait ses paupières, lâchait ses cheveux, était là où on l'attendait, une femme au foyer dans un pavillon de banlieue. On montait le chauffage, on taisait les privations, même le papier toilette était moelleux. Une fois les invités partis, on ressortait les pulls, on s'essuyait dans des feuilles de papier marron et rêche comme la bure, on retournait aux épluchures.

Il y a cet album de photos où sont posés les souvenirs. On y voit la petite devant une voiture à la carrosserie éclatante, elle porte un maillot deux pièces. C'est une photo de vacances, l'été brûle les yeux, le ciel crève d'un bleu trop pur, l'enfant pose la main sur la hanche, un sourire aux lèvres, les cheveux mouillés. Derrière la voiture, le panneau indique *Monaco*, l'enfant joue le jeu devant l'objectif, elle s'applique, elle sait très bien ce qui va arriver. À la rentrée, la photo sera encadrée et posée sur le guéridon dans l'entrée. On parlera des fabuleuses vacances en faisant saliver d'envie les amis du dimanche, aucun ne pourra imaginer que l'enfant se lave le corps dans la mer et le visage dans les toilettes des bistrots, qu'elle dort avec ses parents sur la banquette arrière d'une vieille R5 et qu'elle mange ce qu'elle vole dans les supermarchés des aires d'autoroute ou ce qu'il reste sur les plateaux des petits déjeuners des room-service. Elle s'introduit dans les palaces, rafle les croissants entamés puis court jusqu'à la voiture pour qu'on l'embrasse enfin. Tout ça, bien sûr, ils ne peuvent l'envisager et l'enfant n'est pas en mesure d'en saisir l'empreinte, celle qui la jettera plus tard contre des corps comme des bouées. Elle croit qu'elle pourra tout oublier, mais la trace dans son cœur est celle d'une semelle dans du goudron frais.

Il faut revenir sur l'épisode du poissonnier, sans doute un de ceux qui expliquent que toute sa vie elle aura voulu être un arc-en-ciel dans un ciel de pluie. Un jour, au supermarché, ils font la queue sur le stand du poissonnier, le père veut quelques sardines qu'il fera griller au barbecue. Devant eux, une dame se fait servir. L'homme pose une bonite sur la planche à découper, tranche la tête d'un geste sûr, le sang gicle et inonde le marbre blanc, il s'essuie sur son tablier, rince le couteau et le plan de travail, glisse la tête dans un sac en plastique et le tend à la dame, *tenez, c'est pour vos chats*. Puis vient le tour du père, il désigne les sardines, cinq cents grammes. Il dit que lui aussi, il a des chats à la maison à nourrir, qu'il vient chaque samedi, qu'il voudrait bien que le poissonnier lui garde des têtes de poissons. Le poissonnier promet. Le samedi suivant, la petite se présente devant le stand, il fait froid et l'odeur la révulse, l'homme sert un client, il brosse le corps glissant d'un flétan pour en retirer les écailles, lui coupe les nageoires, enfonce un couteau pour trancher la chair et y fourre sa main pour sortir les entrailles, rouges et glaireuses. Elle attend son tour devant les bouches béantes des rougets grondins et des sandres figés dans la glace, elle se répète *je viens pour les têtes de poissons, je viens pour les têtes de poissons*, mais quand son tour arrive, elle est incapable d'articuler un mot. Elle pense que l'homme a des yeux comme ceux des poissons, deux billes qui débordent de ses paupières et la peau flétrie comme une coquille d'huître. Il demande à nouveau, *qu'est-ce que je te sers*, mais l'enfant ne sait pas. Des larmes lui montent aux yeux, elle finit par dire qu'elle a des chats à la maison, que son papa l'envoie pour les têtes de poissons. L'homme lui sourit et la moitié des dents lui manque. Il ouvre un frigo et en sort un sac en plastique dont on devine, à l'intérieur, le sang qui recouvre les parois. Il agrafe un ticket sur lequel il écrit *gratuit, nourriture pour chats*, et lui tend le sac, plein comme un ventre. Elle revient chaque samedi, de temps en temps il ajoute un bouquet de persil et des citrons découpés en dents de loup.

La mère vide le sac dans l'évier de la cuisine. Dégringolent alors les têtes décapitées et du vrac de chair flottant dans le sang et les glaires. Il arrive que des yeux seuls roulent au fond du bac. L'homme a la gentillesse de glisser parfois des poissons abîmés par le transport ou la manipulation, des poissons sans visage, sans nageoires, déshonorés. Ceux-là, la mère les fait cuire à la poêle dans un fond d'huile et les recouvre au moment de servir d'amandes effilées pour minimiser le désastre. Les têtes de poissons seront plongées dans une marmite d'eau bouillante avec un bouquet garni et dressées telles quelles, à sucer. Il est des moments d'avalanche où d'autres dînent en paix. Quand l'enfant voit le père aspirer la chair, gober les yeux, du jus couler sur son menton, recracher les arêtes, elle voudrait avoir l'âge de prendre des trains ou, comme sa mère, d'avaler des gélules bicolores.

Après les poissons, il y a eu les fromages. La petite ne sait pas comment l'idée est venue au père de demander, sur le stand des fromages à la découpe, qu'on lui garde pour ses chiens les talons ou les morceaux périmés. Ils se feront les canines dessus. Il envoie sa fille qui maintenant sait faire, elle ne connaît pas cette expression, *les talons*. La dame est avenante, elle va lui préparer ça, qu'elle repasse. L'enfant reviendra avec son sachet sur lequel sera agrafé le ticket *gratuit, croûtes*. À la maison, la mère déversera son contenu sur une planche à découper : des morceaux recouverts d'un duvet blanc et poilu, d'autres à la moisissure plus avancée, verdâtre déjà, et des fromages à pâte molle coulant au fond du sac. Elle raclera la bouillie d'époisses et de munster avec une grande cuillère puis la déposera dans un bol, à tartiner sur du pain ou des biscottes le matin. Pour les fromages à pâte dure, une fois la croûte enlevée, elle découpera en cubes le reste de matière, les disposera dans une assiette avec des piques, les morceaux trop abîmés, elle les râpera.

Ces hier ont longtemps teinté de gris ses aujourd'hui, ils ne laissaient ni bosses ni bleus, elle boitait pourtant devant demain. Sa mémoire, ce n'est pas le passé qu'elle contient, mais le présent qui la déborde. Il y a ce qu'il faut décider de dire pour ôter ce manteau brodé d'écailles jeté sur les épaules, congédier ce chagrin qui aboie dans son cœur, liquider le chien et la putain qui lui sourit dans le miroir de la salle de bains, retourner à ses puzzles. Je vois l'enfant nettement maintenant, comme prise dans l'étau d'un médaillon, je suis prête à appuyer sur le bouton-ressort, soulever la petite vitre.

Jamais ils n'ont reparlé du bébé, la chambre servait désormais de remise, l'enfant y trouvait parfois sa mère assise sur une chaise à regarder les murs repeints en blanc. Elle ne semblait plus reconnaître les saisons, passait la journée en peignoir, des pantoufles à pois aux pieds. Elle était épuisée dès le matin comme un corps au soleil, elle avait coupé ses cheveux qu'elle n'avait plus à coiffer, il ne restait qu'un brouillon d'elle, parfois quelques allers-retours entre la cuisine et la chambre disaient un peu de sa présence ou de son absence, c'était selon. Et puis sans que l'enfant sache comment, deux ans plus tard, le ventre de sa mère s'est arrondi à nouveau. Le bébé naîtrait en août, elle allait avoir un petit frère, si sa mère ne tombait pas dans l'escalier, à cause du mauvais œil ou quelque chose comme ça. Plus personne ne venait à la maison, ils n'avaient plus de bords de mer à inventer, de palaces à visiter, de services à sortir. Les persiennes restaient fermées, les sièges emballés dans des housses, on ne sonnait à la porte que pour le courrier ou par erreur, la petite se nourrissait de gâteaux industriels trempés dans du lait, le père mangeait des glibettes devant la télé. On avait vidé la pièce du haut, descendu le superflu à la cave, posé un matelas à langer sur la commode en bois, investi dans un couffin et des grenouillères, vissé deux étagères au mur. L'été était là, on consolait le passé dans la pénombre.

Ses chaussures étaient étriquées, sa frange couvrait ses yeux, deux tailles manquaient à ses vêtements. Son corps l'encombrait, elle le sentait pressant à travers les brassières et parfois dans le regard de son père, après une ou deux mignonnettes. Elle n'osait plus porter ses shorts qui le mettaient hors de lui, ni ses robes dont les boutons manquaient de céder à chaque respiration. Aucun débardeur ne suffisait plus à taire les vallons fiers, les duvets nouveaux et l'embarras qu'elle avait d'elle-même.

Plus son corps grandissait, plus elle cherchait à rétrécir.

Le petit frère naîtrait le mois prochain, l'enfant passait ses journées dans le jardin derrière la maison, à jouer seule avec des pétales, sans parler à personne jusqu'au soir. De temps en temps, elle essuyait la colère du père sans comprendre ce qu'il foudroyait quand il la regardait par en dessous, avec parfois une légère moquerie au coin des lèvres. Il était toujours question de la façon dont elle se tenait, les cuisses trop ouvertes quand elle s'asseyait, le nombril apparent dans le tee-shirt trop court. Il lui semblait, à la façon dont il la regardait, avec un léger mouvement de recul comme soudain saisi par l'odeur âcre d'une aisselle, qu'elle portait en elle quelque chose qui lui répugnait. Elle ne savait pas ce qu'elle commettait quand ils se croisaient dans les couloirs de la maison, comment nommer ce qu'elle contrariait. Elle comblait le dégoût qu'elle lui inspirait à présent, en minaudant.

Voilà comment c'est arrivé, si je regarde sans ciller puisque, enfin, je n'ai plus le choix que de prendre cette histoire au sérieux.

Il faut se dépêcher ce matin, vite déjeuner, vite aller à la douche, vite s'habiller. On pourrait imaginer le père heureux, son fils est né dans la nuit, pourtant la petite perçoit une tension persistante comme un noir de rimmel. Elle est joyeuse, et si elle a malgré tout ce cœur qui éclate en silence, c'est qu'elle ne sait pas s'habituer à sa solitude. Elle avait cru qu'il la prendrait dans les bras, les circonstances s'y prêtaient, mais elle est seule devant son bol de chocolat et même un peu en alerte. Il a juste dit *dépêche-toi* et elle a compris. Elle remet le beurre et le lait au frigo, rince son bol, essuie la table puis monte se doucher. Elle referme la porte derrière elle, retire son pyjama, fait couler l'eau puis entre dans la baignoire. Comme chaque matin, elle se savonne et se rince puis ferme le robinet, prend une serviette et s'essuie. Elle enfile un haut et une jupe, la même qu'hier à cause des poches, met ses sandales, se lave les dents, arrange ses cheveux, un peu humides aux pointes. Elle fait vite, comme un matin d'école, comme si on sonnait à l'interphone. Son père l'attend en bas de l'escalier, il l'attrape par le bras, elle dégringole les deux dernières marches, il a ses yeux de fou, pendant longtemps elle n'aura aucun savoir de l'après, il fallait revenir de trop loin. Elle est à l'orée de ce qui arrive, elle aura besoin d'un rêve pour supporter la réalité, ou de bras, n'importe lesquels, pour tenir debout, à défaut d'avancer.

Le père ouvre la porte qui mène au sous-sol, il hurle *va à la douche*. La petite est incrédule, elle ne comprend pas, c'est le matin du petit frère, il ne faut pas abîmer ce moment, elle aussi elle l'a tant attendu, elle est seule depuis si longtemps. Dans la poche de sa jupe, elle serre le dessin qu'elle a colorié patiemment pour le donner à maman, tous les quatre dans un cœur maladroit, et un poème qui s'appelle *Bienvenue petit frère*. Elle dit qu'elle s'est déjà douchée mais c'est trop tard, il lui attrape le tee-shirt, s'approche pour la renifler, elle sait qu'il va effacer les voiliers de son cœur et tous les cerfs-volants, qu'avant comme avant, c'est fini. Il lui dit qu'elle pue, là les aisselles elle pue, là le cou elle pue, il dit qu'elle lui fait honte, qu'il a honte d'elle, qu'il va lui montrer comment on sent le savon, il ouvre la porte qui mène au sous-sol, il la pousse dans l'escalier, il fait noir et ça sent le renfermé.

La cave se compose de deux pièces qui servent de débarras. L'enfant ne va jamais dans les entrailles de la maison, laissées quasiment à l'abandon. Des cartons éventrés jonchent le sol, des valises et des bûches attendent le changement des saisons, un tricycle est renversé au milieu des chips en polystyrène et des sacs en plastique remplis de vêtements peluchés. Dans la pièce à côté, il y a un bac de douche qui n'a jamais servi, à sa connaissance. Elle n'y a jamais vu ni serviette, ni savon, ni tapis de bain, pas même une chaise pour poser ses vêtements, juste quelques amas de salpêtre sur les joints de carrelage blanc et une ampoule suspendue à un fil électrique. Il la maintient fermement par le bras, elle pourrait hurler sous la pression de ses doigts sur elle, mais rien à cause de la tétanie. La lumière est déjà allumée dans la pièce, le drame naîtra dans un parfum de condoléances et sous l'ampoule nue, ne laissant pas une once à la discrétion d'un fond d'obscurité. Elle est arrivée là comme une toupie lancée contre un mur, en titubant.

Déshabille-toi. Elle se déshabille. *Vite*.

Elle livre à son regard la beauté de ses onze ans. Comme elle peut, elle recouvre de ses mains le corps imminent. Son visage est inondé de larmes, souillé déjà par la dévastation qui vient. Elle a ses yeux à lui sur sa tempe. Dans son cœur, tout sombre. Maintenant, elle tremble, elle voudrait se reposer, ramasser les vêtements à l'envers et remonter dans sa chambre, on n'en parlerait plus. D'ici deux ou trois jours, la marque sur son bras s'effacerait, il ne resterait rien de ce léger contretemps. Mais elle sait qu'il est trop tard, elle a trop l'habitude de ces impasses qui finissent dans une bonde. Elle entre dans la cabine de douche, il lui semble que des cailloux jaillissent du pommeau, ou des grêlons. *Savonne-toi.*

Elle reconnaît sur la tablette en émail le savon miniature, elle pourrait y lire *Hôtel du Cap* en creux, s'il n'y avait ces larmes qui coulent de ses yeux. Elle prend le savon mais il lui glisse des mains, le père hurle, elle n'entend pas quoi, quelque chose se disloque, la percute. Il n'y a plus un souffle là où elle part, midi ne viendra pas. Elle doit ramasser le savon à ses pieds, elle n'a pas le choix, elle s'accroupit. Le palet blanc se confond avec la céramique, elle tâtonne des deux mains, elle est à genoux, à découvert. Elle n'y voit rien, elle a dans les yeux de la glace pilée ou des cendres. Il hurle de plus belle, il est là contre le jour, suffocant à son tour, plein de ces seins surgissants.

Jamais jusqu'à présent je n'ai su ce que je commettais dans les bras des hommes, les nuits dans des hôtels qui consolent de la honte. Aimer floutait les souvenirs, rallumait la lumière de temps en temps, remettait demain à plus tard. Il aura fallu toute la vie, trouver à qui être indispensable pour ne plus se livrer à la perpétuité. Je croyais au silence comme filet à chagrin, pourtant jamais je n'oubliais d'oublier. Aujourd'hui, je peux dire *cela a eu lieu.*

À Vincent, je l'ai dit sans vaciller. Quand il est près de moi, qu'il prononce *raconte-moi*, je peux regarder de là où j'ai été précipitée. Nous étions dans ce café où nous nous voyions souvent, la petite se tenait assise à côté de moi. Je ne sais plus, de la sienne ou de celle de Vincent, laquelle de ces mains tenait ma main, j'ai commandé un lait fraise pour vérifier.

Il ramasse le savon, attrape fermement le bras de l'enfant, qu'elle se redresse. Elle se tient debout, interdite, face à sa rage. Il a poussé ce matin, dans les veines du père, un ouragan, les trombes d'une chute définitive. Il lui semble que les milliers de fragments d'elle se désagrègent, que les pétales des fleurs fanent en accéléré. Je ne sais pas encore les dire, les secondes indécentes, je perds encore un peu de temps. Ce n'est pas seulement le corps qui résiste aux dernières brassées avant le muret, cette histoire c'est comme la vie, on ne peut pas la résumer à une ligne d'arrivée. Le père frotte le dos de l'enfant avec dans le poing le petit pain moussant, il passe sur les bras, les os du coude, puis les aisselles, il frotte jusqu'au sang, il fait tourner son corps comme une figurine au bout d'un fil, il a ses yeux braqués sur sa puberté. Il frotte encore, la poitrine, le ventre, les hanches, il frotte comme s'il raclait le fond d'une casserole, il faut bien décrocher la saleté, cette saleté d'enfant. Puis il s'attelle aux cuisses, aux genoux, derrière les genoux, aux mollets et remonte jusqu'au pli des fesses. Dans la tête de l'enfant, tout est égaré, il n'y a plus aucun relief, pas la moindre nuance, peut-être un début d'engelure et encore. Il a pris soin de retrousser ses manches, l'eau éclabousse sa chemise, gicle sur la toile de son pantalon, traçant des entailles. Il lui dit de s'approcher, *approche-toi*, elle avance d'un pas, elle respire ses dents. Il lui saisit le poignet et, de l'autre main, passe le savon le long interne des cuisses, *écarte les jambes*, elle écarte les jambes. Il remonte jusqu'à son sexe, y glisse le savon, va et vient à l'intérieur, lave bien, qu'elle soit propre enfin, jusqu'au fond. Elle pleure si fort qu'elle peine à respirer, il y a dans ses sanglots un torrent de boue, la fin des nénuphars. Ses cheveux collent à son front, sa frange recouvre presque entièrement ses yeux. L'eau déborde du bac, inonde le sol en béton, ça sent la sueur des vestiaires ou les restes d'un papier gras voletant sur une aire d'autoroute. Il lui semble qu'elle court, sans savoir ce qu'elle rattrape, les pieds trempés au milieu des jouets flottants et des poissons morts.

Il la fait pivoter une dernière fois, elle est face au pommeau dont l'eau à présent gifle son visage, le père est dans son dos, son corps à bout portant. La suite, comment savoir. Elle ne peut empêcher les halètements qui remontent dans sa gorge, elle voudrait cesser de gémir mais en elle, plus rien ne répond. Il dit *je ne veux plus t'entendre*. Elle sent le poing de son père comme du papier de verre, descendre le long de son dos jusqu'à la fente de ses fesses, il appuie sur son épaule pour qu'elle se penche, elle se penche, il enfonce ses doigts dans son anus, ouvre la trappe, la jette aux chiens errants, tout se tait.

Il l'attendra dans la voiture, l'avant-bras sur la portière aux vitres baissées, il fume, elle respire encore. La petite fille qui s'est réveillée ce matin dans son lit n'est jamais remontée à l'air libre. Elle a rincé son corps, ramassé ses vêtements, enfilé la jupe et son haut précipitamment, elle n'a pas pris le temps d'attacher la bride de ses sandales. Elle ne sait pas si elle a éteint la lumière, ça n'a plus d'importance, encore maintenant qu'est-ce que ça change. Il ne reste de cette fin de matinée qu'un blanc criard, il n'y a plus de clochers aux églises, rien à imaginer, encore moins à comprendre. Elle passera chaque nuit à taire la seule histoire, à chercher dans tous les miroirs l'enfant du regard. Cet été finira, septembre viendra, cette vie, jusqu'à présent, c'est une conversation dans une langue étrangère. Bien sûr, il y aura les ventres et les paupières, des bonheurs à en oublier le nom des fleurs, les gorges et les festons des aubes, la peau et le corps offerts derrière les corridors à des hommes passés par elle, pourvu qu'ils la gardent en lieu sûr.

J'écris parce que j'ai cessé de croire que je pouvais laisser cette histoire hors de moi, grandir n'a pas suffi. Chaque matin persévère mais le passé partout bondit. J'avançais dans la vie avec les yeux de ma mère, un œil qui regarde et l'autre qui oublie. Je croyais qu'il était inutile de s'attarder, je n'avais rien compris. Je me demande si j'ai habité cette vie ou si j'ai juste attendu quelqu'un devant un robinet d'eau froide. De là où je regarde, je me tiens aux balustrades, ton pouls dans mon poignet. Je viens les ongles noirs remettre tes cheveux en place, te rendre un avenir. À cause des pierres jetées sur tes paupières, tu ne peux pas pleurer. Je creuse avec mes mains les mots souterrains, je sais ta peau intacte malgré les vers. J'entends partout ta beauté, même sur cette banquette, en fin d'après-midi, c'est une porcelaine d'Imari dans un papier de soie.

J'ai regardé ma montre, il était 18 h 30, j'étais épuisée, j'avais parlé sans relâche. Vincent a proposé de me raccompagner, en scooter nous en aurions pour une dizaine de minutes, je ne serais pas en retard. Il a maintenu le scooter pour que je puisse l'enjamber, j'ai fait rejoindre mes mains sur sa taille, nos casques cognaient à cause des pavés ou s'il freinait trop vivement.

Paul m'attendait à la maison, ce soir nous sortions, je ne savais plus en sonnant chez moi ce qui s'était dit entre nous, douze ans de matins à traduire. Il est apparu dans l'encadrement de la porte et je me suis agrippée à son sourire comme à un morceau d'azur, par habitude. Je suis allée dans la salle de bains, j'ai attrapé une paire de ciseaux, j'ai mouillé mes cheveux, tracé une raie au milieu, j'ai ramené vers le front les mèches trop longues, j'ai coupé juste au-dessus des sourcils. Je m'y suis reprise à plusieurs fois pour que la ligne de ma frange soit bien nette. J'ai rincé le lavabo, remis le peigne à sa place, j'aurais pendant quelques heures des petits cheveux collés aux joues et au coin des paupières. J'ai changé de robe, maquillé mes yeux, rangé la photo de l'enfant que j'avais calée entre le mur et le miroir, dans le tiroir. Paul n'a pas fait de commentaires sur ma nouvelle coiffure. Il a posé ma veste sur mes épaules comme il le fait toujours lorsque nous sortons, j'avais le sentiment d'une première fois, il ne savait pas encore ce qu'il nous arrivait, maintenant que je m'étais retrouvée.

Sur la route qui mène à la maternité, il l'observe dans le rétroviseur, il a dans les yeux des chardons, ils sont en retard, il faudra demander pardon, elle pense *qu'il aille au diable*. La mère dort dans les draps jaunes de l'hôpital public, pour une fois son épuisement est légitime, l'accouchement a été difficile, le bébé s'est présenté par le siège, on l'a sorti par les pieds dans la chair ouverte. Alors non, elle ne remarque rien, ni les paupières gonflées, ni l'air désemparé de sa fille, ni le tee-shirt porté à l'envers, l'étiquette devant, ni les chaussures ouvertes. L'enfant n'aura pas un regard pour le petit frère à la peau rose dans le berceau, elle ne caressera pas les petites mains perdues dans la grenouillère, elle a jeté à la poubelle le poème pour lui, ils se connaissent à peine et c'est déjà la fin.

Au bout de quelques jours, la mère est rentrée de l'hôpital avec son nouveau-né calé dans un couffin en osier, retenu à bout de bras par deux anses scellées comme un sac de courses. Il porte à son poignet un bracelet en plastique, comme si on pouvait oublier, à lui aussi, jusqu'à son prénom. Pour le reste, la vie reprend comme avant, la mère a cette fatigue que rien ne suture et dont le cours est interrompu toutes les quatre heures par un biberon de lait tiède. Il arrive à l'enfant d'apercevoir sa silhouette dans un recoin de la cuisine puis elle disparaît, en laissant derrière elle quelques mouchoirs en boule.

Une semaine après la naissance du petit frère, les parents font venir un rabbin à la maison. Le nourrisson dort dans les bras de sa mère, elle se tient courbée comme si elle luttait contre l'éreintement de son corps ou l'apparence du bonheur. Elle porte une robe d'un gris pâle et deux rangs de perles autour du cou, un cadeau de sa mère pour la naissance du bébé, un fils enfin. Elle a posé un peu de gloss sur les lèvres, si ça ne tenait qu'à elle elle serait bien restée en peignoir dans sa chambre, à écouter la pluie. La cérémonie se déroule derrière la maison, dans le jardin où ont été disposées des chaises en plastique sous la tonnelle, en présence de la famille proche et de quelques invités. Il y a du soda et des cacahuètes dans des assiettes en carton pour fêter l'événement. Le chant des prières s'élève dans le ciel blanc, les corps se balancent d'avant en arrière. Le père se saisit du nouveau-né qui dort encore, arrache les pressions du body en coton, lui retire sa couche.

La mère est assise légèrement en retrait, un verre d'eau à la main, une simple brise l'emporterait.

Elle s'accroche aux accoudoirs, aussi fragile qu'une flamme prise dans un courant d'air. La petite s'assied à côté d'elle, voudrait lui prendre la main, lui dire combien elle lui manque, que dans son cœur il n'y a plus de saisons, mais on ne dit pas ça quand on a onze ans et un bâillon sur la bouche, *ça reste entre nous*. Elle étouffe son chagrin, le tord comme un linge, avec sa mère elles ont ce point commun. La mère ne lui demande pas si elle a bien dormi, si elle mange à sa faim. Il n'y a aucune poésie en elle, le ciel, les coccinelles, les coquelicots, ça ne l'intéresse pas. Elle n'a pas la tête à ça, être ici lui demande déjà trop d'attention, elle qui ne peut aller plus loin que la porte de sa chambre ; alors le reste, elle préfère l'oublier. Encore un silence qui brutalise l'enfant et laissera dans la mémoire l'impression d'une pièce vide, pas même une paire de rideaux à tirer à l'heure du déjeuner.

Je pourrais décrire parfaitement l'odeur de langes qui flotte dans l'air ce jour-là, mais pas le motif de la robe, pas la moindre coiffure, tout juste ce collier de perles comme des groseilles que la mère égrène machinalement en regardant au loin. Et quand la lame des ciseaux a tranché la chair de son fils, elle n'a pas eu un frémissement. Il mettra pourtant plusieurs secondes pour reprendre sa respiration, plus ou moins le temps d'un rosaire où ni l'un ni l'autre ne revient à la vie. Le père prend une truelle et creuse un trou près des plants de framboises et de ciboulette. Il jette dedans le bout de peau, le recouvre de terre, tasse le tout de ses talons, plus loin les conversations reprennent, la mère songe qu'il faudrait repeindre la tonnelle, on a remis le nourrisson dans sa turbulette, la pluie reprend de plus belle, c'est un ciel de la couleur des cierges, bâché d'avenir.

Quand les invités seront partis, qu'ils auront félicité les parents, *le bébé se porte à merveille*, la maison replongera dans un silence de silex. De temps en temps, le père rayera le jour d'une façon indiscutable, comme la pointe d'une clé sur la carrosserie d'une voiture neuve, il ne peut pas s'en empêcher. Il fait de lui celui qui hante mais ce qu'il fait d'elle, elle ne peut pas l'envisager, il faut avoir visité beaucoup de gares pour monter dans un train. L'enfant laissera s'abattre sur elle les mots comme les tuiles des toits, rien ne la consolera mais elle sait maintenant quoi faire avec son corps. Elle vit ses rêves en clandestine, se nourrit d'imaginaire, s'affame de lendemains. Il y aura d'autres étés, d'autres palaces, d'autres armoiries et des cornets de glace en récompense, il y aura d'autres hivers à franchir, d'autres sorties de route, cela va de soi.

Si je ferme les yeux, il reste une petite chance, parfois je m'attends à voir ma mère descendre l'escalier, poser ses pieds sur les patins de feutre. Je n'ai pas d'autre histoire à raconter, aucun souvenir à retenir, ce sont eux qui me retiennent. La mémoire, c'est un refrain. Toutes les six strophes, elle revient. Les jours ont passé, les mots sont devenus des phrases et les couleurs sur les polaroids ont surgi, débarrassées du gris des poussières. J'écris la petite comme on pousse la grille d'un parc, je ne m'attendais pas à me trouver là, assise sur ce banc.

IV

Papa est mort ce matin. L'enterrement est prévu vendredi. Je m'occuperai des formalités. Veux-tu que nous prenions un café demain, cela me ferait plaisir de te revoir. Ton frère.

Je suis restée quelques minutes sur le rebord du lit, je n'ai pas tout de suite pris la mesure de ce message, mon téléphone a sonné, les clients étaient déjà arrivés au bureau, j'ai demandé à mon assistante de commencer le rendez-vous sans moi, j'avais un contretemps. J'ai enfilé un pull, j'avais froid soudain, je me suis allongée, j'ai pensé *juste un instant* en remontant la couette jusqu'au menton, je me suis endormie. À mon réveil en début d'après-midi, j'étais en nage, mon corps semblait avoir été brassé dans un courant d'eau vive. J'avais deux messages de mon assistante, les clients étaient mécontents de n'avoir pu me rencontrer, à l'intonation de sa voix j'entendais un reproche à peine déguisé, on s'était battus pour remporter l'appel d'offres, c'était un très gros projet pour notre agence, qu'est-ce qui me passait par la tête.

Cela faisait plusieurs semaines que j'avais décidé de fermer l'agence, écrire seulement m'importait, toute autre ambition me semblait dérisoire, ce qui m'avait animée n'existait plus, la réussite sociale, l'admiration collective, l'idée même d'une carrière, ça n'avait plus aucun sens. J'ai pris une douche, pour une fois je n'ai pas fermé la porte de la salle de bains à double tour, ça aussi c'était fini, la vie dans un enclos six pieds sous terre, à coudre des larmes pour les hivers, des boutons de perle à des boutonnières, c'était fini. J'ai enfilé un jean, un twin-set, il avait plu, les feuilles des arbres luisaient comme des médailles, j'ai pris une veste au cas où. Une demi-heure plus tard, j'étais à l'agence. En poussant la porte, j'ai compris que je tournais une page, il y avait dans l'air une mélancolie à repriser, j'allais devoir en répondre.

Une fois dans mon bureau, j'ai rassemblé tous les papiers qui traînaient, factures d'électricité, acomptes en attente de règlement, projets auxquels l'agence concourait, quittances de loyer, j'ai mis le tout dans une chemise. J'ai pris sur l'étagère une boîte d'archives, j'ai vidé son contenu dans la poubelle, j'ai pensé en souriant à ces clients avec qui, à l'époque, j'avais sympathisé, j'étais incapable de me rappeler leurs prénoms. J'ai mis à la place mes carnets de croquis, mes feutres, mes crayons à pointes grasses, quelques pastels. J'ai ajouté les petits mots, les dessins, le vide-poches en biscuit blanc, le sablier ramené du Japon, une montre gousset Art déco que je portais en sautoir. J'ai refermé le couvercle, tout ce à quoi je tenais était là. Je suis allée dans le bureau de mon assistante, elle avait son visage fermé, je me suis demandé si elle se souvenait encore qui d'elle ou de moi dirigeait l'agence, elle avait pris l'habitude de montrer des signes de mécontentement lorsque j'arrivais un peu tard ou que mon téléphone sonnait en pleine réunion. Je lui ai demandé de réunir tout le monde, collaborateurs free-lance et stagiaires inclus, dans mon bureau à 17 heures, cela me laissait juste le temps d'envoyer quelques mails et de changer l'eau des fleurs.

Un peu avant l'heure, je me suis installée sur le canapé en cuir, j'ai grignoté une des madeleines que j'avais disposées dans une assiette sur la table basse, j'ai pensé à Vincent, je l'appellerais tout à l'heure ou demain peut-être, j'avais le sentiment d'une fin de cavale ; ma vie m'avait enfin rattrapée, il aura suffi d'un peu de patience, quelques ourlets à découdre. J'avais laissé la porte du bureau ouverte, je discutais avec les premiers arrivés puis, très vite, la pièce s'est remplie et, quand nous fûmes au complet, je me suis levée pour prendre la parole. J'ai remercié chacun de son engagement à mes côtés, j'avais décidé de vendre l'agence, je cherchais un repreneur, j'ai motivé ma décision par des raisons personnelles sur lesquelles je ne voulais pas m'attarder.

Je mesurais l'importance d'une telle annonce qui, je l'espérais, n'aurait pas d'impact sur la poursuite des projets en cours ou la pérennité des postes, je promettais d'y veiller. J'ai remarqué que ma voix était calme, je ne laissais désormais plus à personne la possibilité de s'engouffrer dans cette émotion qui me prenait habituellement à la gorge et me rendait vulnérable. J'ai proposé de me rendre disponible pour voir chacun individuellement, si besoin. Personne n'avait de question sur le moment, la nouvelle retombait comme une pluie fine sur les visages, j'avais l'impression de quitter quelqu'un à qui je tenais peu, dont j'espérais après avoir dîné qu'il se lèverait en me serrant la main. Les conversations ont repris, on a parlé de choses et d'autres. Puis chacun est retourné travailler comme si de rien n'était, ce soir peut-être on reviendrait sur l'événement en sortant du bureau, une fois à la maison, en rinçant des fruits ou une salade.

Seule mon assistante est restée, elle se tenait debout dans l'encadrement de la porte, je lui ai proposé de s'asseoir cinq minutes, je lui ai servi un café bien serré, comme elle aime. Son corps disait son impatience, elle se tenait sur sa chaise les jambes croisées, les mains crispées sur l'accoudoir, prête à bondir. J'ai regardé son visage qui commençait à marquer, je l'ai imaginée dans dix ans, quand son ambition aurait englouti sa jeunesse, aplani ses illusions, fissurant la peau sous les yeux. Je me suis demandé d'où lui venait cette exaspération pour la lenteur qui lui faisait refuser les ascenseurs, avaler les mots, remplir les cendriers. Peut-être qu'à elle aussi on avait dit qu'elle ne réussirait jamais dans la vie et là voilà à grimper quatre à quatre les marches des escaliers, à courir dans les couloirs du métro, à vouloir faire la preuve du contraire. Visiblement ma décision lui semblait d'une intolérable insouciance, contrecarrait ses plans, décimait ses urgences. Elle comprenait mieux pourquoi je n'étais pas au rendez-vous ce matin, j'aurais quand même pu la prévenir, c'était la moindre des choses. Et puis quitter l'agence maintenant, après toutes ces années à tenir bon, qu'est-ce qui me prenait. Peu m'importait sa vanité, je ne voulais pas risquer de m'égarer, la vérité n'est pas toujours ce qu'on retient. Il aurait fallu dire tout ce qu'il se passait dans ma vie, que j'avais peut-être le cœur moins grand que je croyais, qu'il y avait dedans cette détresse que je dissimulais sous des paravents à fleurs, j'ai répondu *mon père est mort dans la nuit*. Elle a posé la tasse sur la table en face d'elle, s'est avancée vers moi, j'ai cru qu'elle allait me prendre dans ses bras, je ne lui avais connu aucun geste d'affection jusque-là, elle a dit *je suis désolée* en effleurant mon épaule. Elle a demandé si elle pouvait faire quelque chose, m'a assuré que je pouvais compter sur elle. J'avais juste besoin de quelques jours, le temps de prendre la mesure de la nouvelle, nous n'étions pas très proches mon père et moi, qu'elle ne s'en fasse pas. J'étais usée d'hiers et des convenances, sa compassion m'embarrassait, j'entendais dans ses mots s'évanouir les couleurs, j'ai attrapé ma veste sur le dossier de la chaise et la boîte en carton sur mon bureau, j'ai eu subitement envie de partir de là, me promener, acheter un bouquet de mimosa.

C'est une fois dehors que j'ai pensé au message de mon frère. J'ai rentré son numéro dans mon répertoire, je ne savais pas quoi mettre à *nom, prénom, domicile*, j'ai écrit *brother*, c'est ce qui me semblait le plus juste. J'ai hésité à l'appeler, j'ai préféré lui laisser un message, c'était encore trop tôt pour sa voix, je n'étais pas sûre de la digue et de mes forteresses. *Oui, demain avec plaisir, tu me diras où et quelle heure te conviendrait. Je t'embrasse.*

Il m'a donné rendez-vous dans un café en face de chez lui, le lendemain à 16 heures. J'ai découvert que nous habitions à cinq stations de métro l'un de l'autre. Je réalisais que nous allions nous revoir, de lui ne me revenaient que des images fugaces, mal cadrées, trop longtemps pliées au fond d'une poche. J'ai pensé à son corps que mes bras n'avaient pas voulu porter le jour de sa naissance, à sa main que je n'avais jamais tenue, aux seuls silences que nous nous étions jamais adressés, je me suis mise à pleurer des larmes anciennes comme des colliers débordant d'un tiroir. J'avais laissé la petite m'attendre sans jamais lui faire signe, je le laissais lui tenir compagnie. Il avait neuf ans quand je m'étais mariée, partie de la maison sans un adieu, à vingt ans à peine j'allais tracer avec mon corps des chemins sans issue. Je n'avais pas pu lui expliquer ; il faut beaucoup de saisons pour parler d'avenir. Mon cœur avait la trame des vêtements trop portés, usés sur un cintre, le jour au travers. J'avais fini par l'oublier, son chant était trop faible ou le feuillage trop dense. Je ne pleurais pas mon père parti, je pleurais mon frère qui revenait, je n'ai de larmes que pour ce qui existe.

Sur le chemin de la maison, je me suis arrêtée chez le fleuriste, j'ai pris du pain en passant, j'avais faim, je me suis demandé ce que Paul nous avait préparé à dîner, ça m'a un peu consolée. Il a ouvert la porte, j'ai posé ma tête sur son torse quelques instants, je sentais sous mes pieds les pompons jaunes qui s'étaient décrochés dans l'impact. Il s'est saisi du pain et du bouquet, a retiré un peu de farine sur mes joues, il n'a rien demandé pour le mascara qui avait coulé. On a couché Rosalie, il est venu s'asseoir à côté de moi dans le sofa du salon, il avait dans ses yeux mon inquiétude, le regard froissé de mes silences. J'ai dit *je ne pourrai pas aller chercher Rosalie à l'école, je vois mon frère demain*. J'ai ajouté avec détachement *mon père est mort, on l'enterre vendredi*.

Paul avait très peu entendu parler de mon père, il ne l'avait jamais rencontré, à peine pouvait-il l'imaginer en supposant entre lui et moi une certaine familiarité. J'avais dû lui montrer quelques photos de moi plus jeune, où mon père se tenait à l'arrière-plan ou de profil, rien de plus. Et à vrai dire, j'étais moi-même incapable de me le représenter en vieil homme, je n'y pensais même pas. Parfois, j'entendais dans ma tête des pas d'oiseaux, d'un revers de la main je les faisais s'envoler. S'efforcer d'oublier n'est pas l'oubli, je faisais de mon mieux. Je sais le poids des morts mais ce n'est rien à côté de celui des vivants. Il était resté figé dans ma mémoire tel qu'il était le jour de mon premier mariage, avec le cheveu à peine grisonnant, les bras chargés de paquets, dans la vigueur de ses quarante-quatre ans. Le deuil n'existe pas, j'ai bien peur que la mort de mon père ne tienne pas ses promesses. Je ne l'attendais plus, et la voilà. Jamais je n'ai pu me départir de son souvenir, c'était comme vouloir faire taire les saisons, la mémoire est bavarde même au contact des sourds. Je refusais de l'entendre frapper à la porte, j'avais trop peur qu'il entre et qu'il s'installe. Pour m'éloigner de ce frémir, j'étais prête à prendre tous les risques et même m'égarer, étendre les dessous du premier venu, courir au bord des piscines. J'ai braqué ma mémoire avec le canon de ma liberté, un oreiller sur la tempe, mis le feu sur le feu jusque-là.

Paul avait rencontré mon frère à notre mariage, il y a six ans. Il était arrivé à la mairie légèrement en avance, je ne l'avais pas revu depuis des années, il m'avait embrassée, avait fait la connaissance de

Paul, puis s'était mêlé aux invités qui rejoignaient la salle des mariages. Il s'était assis à côté de ma mère et avait glissé son bras sous le sien, dans le taffetas. Je les regardais mais rien ne me venait, aucune coutume dans leurs visages, aucun pli, pas de pastel, rien qu'un peu de bleu peut-être sur les paupières de ma mère. Lorsqu'il se présentait aux uns et aux autres, il disait *je suis le frère de la mariée.* Mes proches s'étonnaient de ne pas le connaître, de ne jamais avoir entendu parler de lui, ni lui ni moi n'aurions su l'expliquer, peut-être même ne nous posions-nous jamais la question. Nous avons dansé, nous avons ri, et le lendemain nous nous sommes évaporés comme les cendres dans le vent sans se laisser la moindre chance d'un dernier brasier. Nous avions scellé nos corps comme on boutonne un manteau l'hiver, jusqu'en haut. Nous continuions d'obéir, nargués de loin, nous ne traversions pas au vert. Nous n'étions pas séparés, il aurait fallu avoir été préalablement réunis, nous étions immobiles comme deux bibelots sur un napperon prenant la poussière.

J'ai essayé de dormir mais la nuit était escarpée. Je me suis levée pour écrire, j'avais le cœur envahi, rempli des empreintes des sabots des cerfs. Mes secrets, si je les dis, je ne sais pas ce qu'ils vont devenir. J'entendais gronder les troncs, rouler des yeux en verre, enfler la terre, j'allais surgir. J'ai allumé la veilleuse, j'ai regardé Paul qui dormait à côté, j'ai pensé à la douceur de l'eau des étangs. J'ai écrit jusqu'à l'aube, je cessais de me semer, j'atteignais les clairières. Au matin j'ai préparé le petit déjeuner, je suis descendue acheter du pain frais, j'ai pris un café au comptoir en bas de la maison, j'avais besoin du tintement des tasses, des parfums torréfiés, du froissement des journaux, on levait les stores, on balayait les seuils, tout commençait. Une fois de retour, j'ai réveillé Rosalie, posé ses vêtements sur le lit pour qu'elle s'habille, remis sa trousse dans son cartable et signé le mot dans le carnet de correspondance, il n'y avait pas piscine cette semaine. Paul est sorti de la salle de bains, son corps sentait le large, j'ai suivi ses traces de pas laissées sur le parquet, de minuscules flaques qui menaient à la cuisine, il m'a tendu une tasse de café, j'ai arrangé le col de sa chemise.

J'ai amené Rosalie à l'école, Paul avait laissé un mot sur la table, *à ce soir, je t'aime*, sans doute était-il bouleversé comme moi sans savoir le formuler. À midi, j'ai appelé Vincent, il n'a pas décroché, j'ai pensé qu'il était sûrement dans le train qui le ramenait chez lui. J'attendais 16 heures, je ne savais rien faire d'autre, je suis sortie. J'ai erré dans le quartier, essayant de porter mon attention sur une vitrine ou sur la couverture d'un hebdomadaire. Je suis arrivée avec une heure d'avance, je me suis installée à l'intérieur, j'avais peur que la pluie nous surprenne. J'ai commandé une noisette, j'ai changé de place, je voulais être face à l'entrée pour le voir arriver. Je tenais à ces secondes juste avant nos retrouvailles, ces secondes avant que je lui demande pardon de n'avoir répondu à aucune de ses questions, pas même où va le soleil quand vient le soir.

Je l'ai vu sortir de l'immeuble d'en face, il a allumé une cigarette, je ne le distinguais pas nettement, je l'observais en train de fumer, une main dans la poche de son pantalon, faisant quelques pas sur le trottoir. Il a relevé le col de sa veste, le ciel grondait, il avait peut-être froid, j'aurais voulu un rayon de soleil pour lui à cet instant ou un gilet en laine. Il portait un costume de couleur sombre et une chemise blanche, je le trouvais grand, délivré des traits de l'enfant dont la sœur ne voulait pas, un adulte dans des vêtements d'automne.

Il a regardé sa montre, il a traversé. Dès qu'il est entré, je me suis levée, je voulais être à sa hauteur. J'ai passé une main sur ma jupe pour la défroisser, nous nous sommes avancés l'un vers l'autre, il m'a prise dans ses bras, j'ai eu l'impression d'un soupir, *je suis heureux de te revoir*. On est restés comme ça quelques secondes, ma tête sous son épaule, les yeux fermés. Puis nos corps se sont dégagés, quelque chose d'infiniment joyeux nous parcourait, quelque chose avait lieu, défaisait la pudeur. Ce qui nous avait séparés s'effondrait, nous aurions pu en rester là, personne ne se mettrait jamais plus entre nous, tout était déjà joué, une paire d'as. Il s'est assis en face de moi, la main posée sur mon avant-bras.

C'est le frère qui revient, il ne m'en veut pas, il ne me demande rien. Je vois l'enfant dans son visage d'homme, le tout petit frère, l'enfant gâché parce que la petite n'avait pas de place pour lui dans son cœur et, de toute façon, elle ne le connaissait pas. J'ai commencé à écrire avant la mort du père, j'égouttais les restes de lui, rinçais les mots à l'eau claire. J'avais à peine conscience de ce qu'il m'arrivait et parfois je me tenais aux rebords des fenêtres, m'en remettant tout entière aux garde-corps. Si je n'avais pas commencé à écrire, pas rencontré Vincent, je n'aurais pas su me tenir là dans ce café.

Mon père était mort d'un accident vasculaire cérébral, j'écoutais mon frère me raconter qu'on l'avait retrouvé sur le trottoir en bas de chez lui, face contre terre, son sac de courses éparpillé au sol. La gardienne a appelé les secours, un attroupement s'est formé, on voulait voir le drame de près, en parler en arrivant au travail. Quelques minutes plus tard, les pompiers sont arrivés, ils n'ont rien pu faire pour le réanimer, on a fait rouler son corps sur un brancard, on l'a recouvert, c'était terminé. Il vivait seul, la gardienne savait qu'il avait un fils, qu'ils se voyaient peu, pour la fille elle ignorait.

Il me parlait en baissant la voix comme s'il craignait de voir le père s'asseoir sur le siège en face. Je réalisais que je ne savais rien d'eux et des séismes. L'année qui a suivi mon premier mariage, ma mère a quitté la maison pour s'installer avec un autre homme, les laissant livrés à eux-mêmes. Je ne voulais plus imaginer, j'étais prête à savoir. Il a dit *ça n'a pas été facile, tu connaissais papa*. Je lui ai pris la main, il a regardé ailleurs, j'ai compris que son cœur était lesté du bois des chênes, qu'il ne parlerait pas des nuits sur le palier. Je me demandais où il avait mis en grandissant les chagrins qui avaient dû être les siens, seul dans sa chambre, posé près de la porte, comme un paquet. J'espérais qu'une femme l'avait aimé assez pour nous oublier à son tour, je n'ai pas demandé.

— Maman venait parfois me chercher à l'école, elle m'amenait mon goûter, j'aimais la voir. J'aurais voulu habiter avec elle, elle reportait toujours à l'année suivante, je n'ai jamais su pourquoi elle m'a laissé à neuf ans, avec papa. J'ai quitté l'école à seize ans, je voulais travailler, gagner ma vie, partir de là. J'ai trouvé un travail chez un traiteur, je commençais à 6 heures du matin, je faisais la mise en place avant l'ouverture, je nettoyais les vitrines, je préparais les plateaux de petits-fours, il fallait être rigoureux, poli, la clientèle était exigeante, je faisais de mon mieux. Je finissais à 18 heures, je prenais à peine le temps de manger, je n'osais pas me plaindre. Le soir, j'étais épuisé mais je pensais qu'avec l'argent que je gagnais, j'allais pouvoir prendre un studio. Ça a duré deux ans, papa m'avait dit que l'argent était déposé sur un compte qu'il avait ouvert pour moi puisque j'étais mineur. De temps en temps, il me donnait un peu d'argent de poche, je ne recevais jamais de relevé bancaire, je n'y connaissais rien, je ne me suis pas méfié. Un jour, mon patron m'a remis mon salaire en main propre, en rentrant j'ai dit à papa que j'allais déposer le chèque moi-même, je ne savais même pas dans quelle banque il fallait aller. Il m'a regardé comme si je trahissais soudain sa confiance, il a dit *débrouille-toi*. Je n'ai pas tout de suite compris, le ton est monté, comme à son habitude il a dit que si je n'étais pas content je pouvais partir d'ici, que si j'avais cru que, chez lui, j'étais à l'hôtel tous frais payés, je me trompais. Il a ouvert la porte, m'indiquant la sortie, *je ne te retiens pas*. Ce jour-là, j'ai quitté la maison définitivement, avec mon chèque dans la poche et sans savoir où aller.

« J'ai dormi dehors sur un banc et je suis allé travailler le lendemain. J'ai demandé à mon patron si je pouvais partir une heure plus tôt, je voulais repasser par la maison avant que papa ne rentre pour prendre des affaires de rechange et mes fiches de paie. J'ai d'abord sonné à la porte pour m'assurer qu'il n'y avait personne, puis j'ai glissé la clé dans la serrure, elle ne rentrait pas : le barillet avait été changé. Je me suis assis sur les marches de l'escalier, j'étais trop fatigué pour réfléchir, je me sentais humilié, s'il avait ouvert la porte, j'aurais pu le tuer. Un ami m'a hébergé quelques jours, j'ai commencé à chercher des moyens de gagner de l'argent rapidement, je prenais quelques pièces de temps en temps dans la caisse. L'ami en question m'a parlé d'un club de poker où il allait, la première fois que j'ai joué j'ai gagné un mois de salaire, la chance du débutant. Puis tout s'est accéléré, je jouais tous les jours, je perdais souvent, pour payer ma dette je volais une partie de la recette, espérant remettre le lendemain ce que j'aurais pu gagner le soir même, j'étais pris dans un engrenage. Un jour, mon patron m'a surpris, il a dit *tu prends tes affaires et tu t'en vas*, j'ai erré toute la journée, je devais beaucoup d'argent au cercle de jeu, j'ai sonné chez maman en fin d'après-midi, elle dormait.

Il essayait d'attraper les bulles de sa limonade avec une cuillère, comme s'il s'agissait des particules d'air qui manquaient à sa respiration. La serveuse a déposé l'addition sur la table, c'était la fin de son service.

— Je lui ai tout raconté, je me sentais minable. Elle m'a fait promettre de ne plus jamais jouer au poker, elle allait trouver une solution. Quand je me suis réveillé le lendemain matin, elle n'était pas à la maison. Elle est rentrée vers midi, elle m'a tendu une enveloppe avec la somme nécessaire pour rembourser la dette de jeu et ce que j'avais pris dans la caisse de mon patron, elle tenait absolument à ce que je rende cet argent, *tu n'es pas un voleur*. J'ai fondu en larmes, je ne voulais pas devenir comme mon père. Le patron était derrière son comptoir, il m'a fait un signe de tête pour que je le suive dans la réserve. Ma voix tremblait, je lui ai présenté mes excuses, j'étais reconnaissant de la confiance qu'il m'avait accordée en m'embauchant deux ans auparavant, je ne savais pas ce qui m'avait pris. J'ai posé l'enveloppe sur la petite table qui lui servait de bureau au milieu des factures et des bons de livraison. Il m'a dit *on fait tous des erreurs, je t'apprécie comme un fils, je serais heureux que tu reviennes travailler avec nous*.

Les larmes me sont montées aux yeux, je me suis demandé où j'étais pendant tout ce temps.

— Ils avaient une studette à l'étage, ils l'ont mise à ma disposition. Je n'ai su que bien plus tard que maman leur avait raconté ce qu'il s'était passé, les deux ans de salaire subtilisés, les nuits dehors, la folie du père. Elle avait sorti de la banque toutes ses économies, elle avait attendu l'ouverture du magasin dans le froid du matin. Ce jour-là, elle m'a sauvé. Je peux imaginer ce qu'elle portait de honte en elle, la sienne aussi de m'avoir laissé avec papa. Je n'ai jamais parlé de ces neuf années passées seul avec lui, je n'avais qu'une idée en tête, comme toi sans doute avant moi : partir. Tu sais, je ne t'en veux pas.

J'ai serré sa main plus fort, c'était une main d'homme et pourtant, dans la mienne, c'était celle de l'enfant, pommelée, pleine de feutre. J'aurais voulu lui offrir des ballons géants, des tricycles rouges et des cadeaux d'anniversaire emballés dans du papier brillant. Je m'en voulais de n'avoir jamais cherché à savoir, d'avoir tiré un trait sur lui. Je l'avais rayé de ma vie, j'avais fait ce petit frère comme une rature. Je me suis levée, j'ai poussé la table pour le rejoindre sur la banquette, je l'ai pris dans mes bras. En nous, quelque chose cédait, nous étions deux gosses, pleurant des confettis. J'ai essuyé les larmes qui coulaient sur ses joues, je pouvais voir au fond de ses yeux des orchidées, la fin des fleurs fanées, je lui ai demandé pardon.

J'ai tendu à la serveuse de quoi régler l'addition, la journée aussi finissait, la rue s'animait, on sortait des bureaux. Son téléphone a sonné, il a dit *c'est maman*. Il a décroché et pendant qu'il parlait, j'ai pensé à toutes ces années où je n'avais pas prononcé cette phrase, *c'est maman*. Je ne me souvenais même plus quand j'avais effacé *maman* de mon répertoire ni où j'avais puisé la force de le faire. Un jour, je n'ai plus voulu d'elle et elle l'a accepté. J'espérais qu'elle m'en empêcherait, que cela lui semblerait inconcevable, comme toujours j'en demandais trop. Il s'adressait à elle avec beaucoup de douceur, j'en ai éprouvé du soulagement, je ne voulais pas qu'on la brusque. Il a répété plusieurs fois *ne t'inquiète pas*, il me souriait comme pour s'excuser de ce contretemps entre nous.

Il lui parlait et je voyais défiler ce qu'il me restait d'elle, c'était comme ouvrir un vieux tiroir rempli de cartes postales, de billets de train et de dents de lait. À cet instant, je ne voulais me souvenir que de sa beauté, saisie sur deux clichés que je venais de retrouver. Sur le premier, maman me tient la main, j'ai des sandales en cuir aux pieds, un tee-shirt à fleurs rentré dans un short rouge, je la regarde avec attendrissement. Elle a les cheveux noués, une tresse lourde posée sur son épaule gauche, retenue par un ruban bleu. Elle porte une robe plissée, ceinturée avec un lien en lamé au bout duquel pendent deux pompons perlés. Elle fixe l'objectif ou peut-être la mer, c'est l'été sur la Croisette. Là, je dois avoir cinq ou six ans, je suis assise sur ses genoux, il me semble que nous sommes au restaurant. Elle me tient serrée contre elle, ma tête est posée contre le satin blanc de son chemisier qu'elle a mis pour l'événement. J'ai dans la main un morceau de pain. Elle a peint ses paupières en vert, elle est là mais son regard est ailleurs, peut-être sur les pelouses qu'autour des yeux elle a dessinées. Il y a dans cette audace une intention qui m'apparaît soudain, un cri peut-être. Elle surlignait sa solitude au marqueur waterproof, pour qu'un jour on la retrouve. Je sentais qu'au fond de moi elle avait toujours été là, enfouie sous des branchages ou la poudre des fards, qu'elle m'attendait à la sortie de l'ascenseur.

J'ai fait signe à mon frère pour qu'il me passe le téléphone, je l'ai imaginée assise sur la chaise de la cuisine, jouant avec une mèche de cheveux. Pendant une seconde, j'ai entendu son souffle comme si d'un coup elle s'était levée pour courir jusqu'à la porte d'entrée, ma voix a tremblé, un reste de fougères, j'ai dit *bonjour maman, c'est moi.*

V

Mon père a été enterré le vendredi suivant. Nous étions convenus que mon frère et ma mère arriveraient ensemble, nous nous retrouverions dans la salle de cérémonie. Deux femmes étaient assises dans le fond, je me demandais si elles attendaient comme moi 15 heures. J'appréhendais un peu de revoir ma mère, faire face à ce que le temps aurait tassé des os. Maintenant que j'avais arraché le papier peint, repeint les pièces, fendu l'air, j'étais prête pour elle, et les lilas. Je suis sortie dans le couloir pour vérifier sur la liste mortuaire que le nom de mon père était bien inscrit, qu'aucun doute ne soit possible. Je faisais les cent pas, j'avais déjà pris deux cafés au bar d'en face. La porte à double battant s'est ouverte et ma mère est apparue, s'accrochant à la manche de mon frère. Je me suis précipitée jusqu'à eux, je l'ai regardée dans les yeux, je suis tombée dans ses bras. Elle m'a serrée de toutes ses forces, en répétant *ma fille, ma fille*. La mise en terre a été expédiée en quelques minutes, la gardienne de l'immeuble s'est avancée vers nous pour nous présenter ses condoléances, je n'ai pas su qui était l'autre dame.

Nous avons suivi son cercueil, je n'ai éprouvé aucun chagrin devant sa pierre tombale, j'allais enfin me reposer. Jusqu'alors, ce père, je ne sais pas où je l'avais laissé. Je ratissais les moindres recoins pour le retrouver, je fouillais les lacs, j'écumais les rivières, jamais je n'avais pu remettre la main sur lui. Je m'épuisais contre l'hérédité, à vouloir être cette petite fille, lui plaire encore. Sans doute, j'ai patienté chaque jour, en bâtissant des citadelles, sans me plaindre, à l'abri de lui, je croyais. Je n'avais pas envisagé que c'était lui qui m'avait abandonnée, que c'était à lui de venir me chercher contre ces torses de passage ; ce n'est jamais arrivé. Quand je le cherchais, je n'avais pas de colère ni aucun souvenir, là où je regardais tout était blême. Je peignais des pommes, un pot en faïence sur une nappe festonnée, des natures mortes.

Nous avons quitté le cimetière rapidement, nous ne savions pas trop quoi faire devant la pierre tombale, nous n'avions rien à recueillir.

Vincent et moi étions de ceux qui s'étreignent en silence, serrent les poings derrière la porte de la buanderie et reviennent à table avec une coupe de fruits. Tous les jeudis, il rentrait chez lui par le train de 11 h 41 et je remplissais mes fins de semaine de rendez-vous pour me défaire de son absence, effacer ses pas de mon sentier, balayer les graviers. Et puis il revenait et tout recommençait, il fallait caler nos agendas, inventer un impératif, épuiser les impondérables, pour enfin nos corps dans un café. Je m'étais familiarisée avec certains de ses gestes, je possédais peu de lui mais assez pour savoir que lorsqu'il s'assied en face de moi, poussant délicatement les tasses et la théière, il me prouve que j'existe.

La semaine qui a suivi l'enterrement de mon père, quelque chose a basculé. J'étais seule chez moi en train d'écrire. J'avais posé ma montre sur le bureau à côté d'un calepin sur lequel je griffonnais des carrés dans des ronds, il était 10 h 30, j'avais encore le temps d'aller à la gare. Sans réfléchir, j'ai pris mon manteau. Arrivée dehors, j'ai hélé un taxi, j'ai pressé le chauffeur de brûler les feux rouges.

Le train pour Montélimar était annoncé quai numéro 3, j'ai attendu un peu en retrait. Quand il m'a vue, il s'est arrêté au milieu de la foule qui continuait d'aller et venir, je me suis élancée vers lui, slalomant entre les voyageurs. Il a pris mon visage dans ses mains, il a fermé les yeux, pour la première fois il m'a embrassée. Je me tenais à la petite languette qui recouvrait le zip de son anorak comme à une branche ou une bouée. Je sentais son parfum d'herbe coupée qui ressemblait à une destination. On est restés un moment ainsi, il n'y avait plus rien autour, que le monde comme un manège dont nous étions descendus et qui tournait sans nous, des gens sur des chevaux de bois, dans des carrosses rutilants. La voix annonçait les arrivées et les départs, des numéros de quais, des retards. Il a posé sa joue contre la mienne, je sentais son souffle dans mon oreille, il a murmuré mon prénom, il a dit *je voudrais rester auprès de toi mais je dois partir*. Il m'a embrassée à nouveau, ses deux mains tenaient mon visage comme un bol de café. Ses cils mouillés faisaient de petits triangles autour de ses paupières, je voulais croire au froid. Il a ramassé sa valise, il devait y aller s'il ne voulait pas rater son train, *je t'appelle en arrivant*. Je l'ai regardé s'éloigner d'un pas pressé, je savais très bien que quelque chose vacillait, je me suis assise un instant, à regarder les panneaux d'affichage sans pouvoir me lever et partir. Quelques minutes plus tard, mon téléphone a vibré, j'ai lu *je suis tellement ému*, mes yeux se sont remplis comme une jarre, j'ai laissé danser les lettres dans mon cœur. J'avais été jusqu'à maintenant de haie en haie, faisant indéfiniment le tour du stade, un chronomètre à la main, courant après moi, peut-être l'enfant ou une ombre, sans jamais me rattraper. Je comprenais soudain que pendant tout ce temps que nous avions passé ensemble, il m'attendait dans les gradins. J'ai finalement remonté le col de mon manteau, j'ai marché jusqu'à mon bureau, je crois que je parlais seule, je me perdais en chemin.

J'ai entendu la clé tourner dans la serrure, Paul a ouvert la porte, Rosalie a jeté son cartable dans l'entrée, j'ai fait chauffer du lait pour son goûter et posé trois clémentines sur la table de la salle à manger. Paul avait l'air soucieux, je ne voulais pas savoir pourquoi, je connaissais trop ses intuitions. Ses études en neurobiologie l'avaient conduit à s'intéresser aux sciences cognitives, cherchant à comprendre aux confins de la psychologie et de la philosophie le fonctionnement de la pensée. Il avait lui-même développé un sixième sens, il était fasciné par l'imagerie cérébrale, qui permettait de voir le cerveau en train de penser. Et le mien m'emmenait sur un quai de gare, m'éloignait de la cuisine.

Je me tenais face à l'évier, je lui tournais le dos,

je me sentais vulnérable, comme si ce baiser m'avait pris toutes mes forces ou un reste d'insouciance. Il suffirait à Paul d'une veine qui bat trop fort pour entrevoir mon émoi. Rosalie faisait ses devoirs, elle l'a appelé pour savoir ce qu'il y a *après cent dix*. Il a dit qu'elle savait compter jusqu'à l'infini, elle a demandé ce que c'était l'infini, il a répondu *ce qui n'a pas de fin*. J'ai nettoyé le plan de travail, fait la vaisselle, rangé la casserole dans le placard du bas. Il était 7 heures, *allez, au bain*. J'ai entendu les clapotis dans la baignoire, Rosalie se racontait des histoires de dragons, Paul m'a rejointe dans la cuisine, il a débouché une bouteille de vin. Je m'appliquais à taire ce voyage en silence que je faisais depuis midi, l'aller simple de la bouche de Vincent à mes lèvres. Je ne savais plus cent onze, des mots flottaient dans l'air, j'avais l'impression d'avoir mis un pull à l'envers.

Je n'ai pas vu Vincent pendant deux semaines, nous sommes partis pour les vacances de la Toussaint dans le Sud. La veille de notre retour à Paris, il a laissé un message sur mon répondeur, *j'ai quelque chose à te dire*. Nous sommes convenus de nous retrouver le mardi suivant, pour dîner. Je me réjouissais de le revoir, je comptais en nuits. J'écrivais sans discontinuer, je l'entendais marcher derrière les assonances, je prenais la mesure de l'importance de son passage dans ma vie, de ce qui avait éclos avec la fin des clôtures. Il m'avait rendue à moi-même, sans rien demander que mes poignets.

Je l'attendais à l'intérieur du restaurant, je l'ai vu entrer, passer la main dans ses cheveux comme s'il caressait un chat, je pourrais refaire ce geste le reste de mes jours. Il a balayé l'espace, il me cherchait du regard, et quand ses yeux ont trouvé les miens, il m'a souri. Arrivé à moi, il a dit *c'est tellement bon de te voir*. Nous sommes restés longtemps sans parler, pris dans une émotion que nous ne maîtrisions pas.

Ceux qui ont aimé savent ce que pénètre ce silence, quelque chose de décisif et d'un peu candide, un de ces souvenirs à la fin d'une vie. Il y aura eu les mariages, les naissances, les décès, les promotions, et il y aura eu cet instant, nous, debout sous les lustres d'une trattoria. *Je te demande pardon pour ce que je vais te dire.*

J'ai ressenti une brûlure dans le ventre, j'ai avancé ma chaise, il a saisi ma main.

— Notre rencontre a bouleversé ma vie. Depuis un an, chaque semaine, nous faisons connaissance, j'aime t'écouter, apprendre de toi. Je suis heureux avec ma femme et mes enfants. Cet amour-là existe, il m'a fait homme, il m'a fait père. Nos joies sont simples, nous aimons nous blottir sous une couverture à regarder un film en grignotant du chocolat aux noisettes ou nous promener dans la campagne. Ce sont vingt-huit ans de ma vie que je rejoins en train chaque semaine. Avant de te rencontrer, j'ignorais que tu manquais à ma vie. Maintenant, dans tous les paysages, je t'entends qui m'appelle et j'en ai le souffle coupé.

Il était impuissant à retenir ses larmes.

— Jamais je n'ai voulu m'imposer à toi, je voulais rester cet homme à qui tu t'es confiée et que tu as honoré de ta confiance. Je découvrais la femme derrière l'enfant, et parfois je hurlais en silence qu'on ait pu t'humilier au fond des caves. En me parlant, tu m'as donné à voir ce qu'exige de se réconcilier avec son histoire. Je t'ai vue te délivrer, j'ai compris à mon tour ce à quoi j'avais renoncé.

En arrêtant la musique, il avait fait de sa vie une pièce sans fenêtre, il m'en parlait souvent. Depuis qu'il composait, il rêvait à nouveau de baies vitrées.

Il a poursuivi.

— Chaque fois que je m'éloigne, je cherche dans la nature un signe de toi.

J'ai posé sa main sur mon cœur, tout s'embrasait.

— Il y a trois mois, ma femme m'a parlé d'un poste d'enseignante qui se libérait au lycée français de Palo Alto où elle avait candidaté. Elle s'était rendue sur place pendant son séjour en avril dernier et l'entretien avec la directrice s'était bien passé. Toute sa famille vit en Californie, nous leur rendons visite une fois par an, ses deux beaux-frères font carrière dans la Silicon Valley, sa mère habite à San Francisco. Les garçons grandissent, ils quitteront la campagne un jour ou l'autre, elle voulait saisir sa chance. Je n'ai pas eu le cœur à m'y opposer. Je peux exercer n'importe où, rien ne me retient ici, rien à part toi. Nous en parlions, j'avais l'impression d'un projet lointain, auquel peut-être elle renoncerait, au fond de moi je pensais que ça ne se ferait pas. Puis le courrier est arrivé, elle prendrait ses fonctions après Thanksgiving, elle était folle de joie.

« J'ai vu peu à peu les cartons se remplir, les armoires se vider, j'ai réalisé l'imminence du départ. J'ai prévenu mes élèves, j'ai pris congé du studio que j'occupe, j'ai rempli une valise avec mes vêtements, quelques livres, des livrets de partitions. Je faisais les choses machinalement, impuissant à te dire que j'allais m'éloigner. Le jour où tu es venue à la gare, je prenais ce train pour la dernière fois. J'étais tétanisé à l'idée de te perdre. Pendant les deux semaines qui ont suivi, je me levais la nuit, assis dans la cuisine jusqu'au matin, me répétant les mots que seule ma solitude savait, je t'aimais. J'ai prétexté des documents à signer, un dernier cours à donner, je devais te parler.

Le serveur nous a tendu les cartes, le chef recommandait ce soir des *bucatini alla romana*. Je l'ai remercié timidement, nous n'avions pas très faim, nous prendrions quelques antipasti pour commencer et deux verres de montepulciano.

— Tout me suffisait avant toi. Je sais maintenant qu'on échappe parfois à soi-même. Soudain, je t'ai attendue, soudain, j'étais vivant. J'aime quand tu ris, j'aime l'odeur de tes cheveux, j'ai appris le goût de l'orgeat. Je comprenais aussi qu'il y avait un homme dans ta vie, que tu l'aimais et qu'avec lui t'avait quittée l'envie de fuir. Je ne voulais pas rêver à toi sans pouvoir y prétendre. Partir m'est apparu comme une solution, la seule de nous laisser indemnes.

J'ai pris ses mains dans les miennes, j'essayais de me débattre contre les sirènes mais le signal était trop fort, j'ai laissé déferler les sanglots comme au départ des bateaux.

Autour de nous le monde tournait dans un bruit de fourchettes, un couple s'est installé à la table à côté, j'ai poussé ma chaise pour les laisser s'asseoir, Vincent s'est essuyé les yeux avec la serviette, a repris une gorgée de vin.

Nous avons fait de notre mieux pendant ces deux heures comme si nous marchions à contresens sur un escalator, des rides apparaissaient sur nos visages d'enfants. Nous avons dîné les yeux un peu gonflés, nous efforçant au bonheur d'être ensemble, une dernière fois. Je voulais garder en mémoire cette poignée d'instants, jeter une ancre, finir ses phrases, lui dire *reste*, mais rien ne venait, il y avait désormais dans mon cœur une calanque. J'essayais d'absorber l'ensemble de ses traits, je fixais déjà son absence pour la restituer, un jour je mettrais des mots sur cette chemise en coton blanc. Pendant des années, j'irais m'asseoir à cette table en face de son souvenir, dans chaque joie, dans chaque fatigue je chercherais encore un reste de voix.

Nous avons quitté le restaurant, la pluie s'était arrêtée, il m'a dit *marchons un peu, je suis descendu à l'hôtel Bienvenue, juste derrière chez toi, je te raccompagne si tu veux*. J'ai glissé ma main sous son bras, il me ramenait à la maison, nos corps étaient en marche, nous avancions vers notre légende, qu'un jour elle s'écrive ou qu'elle s'écoute et qu'alors on y survive. J'imaginais les vies derrière les portes cochères, les familles devant leurs téléviseurs, les visages qu'on démaquille, j'essayais d'oublier ce qui se finirait au bout de l'avenue, après le feu, à la troisième intersection. Tous les bruits de la ville se fondaient en une seule respiration. Nous avons marché une dizaine de minutes, sans pouvoir nous parler, en évitant les feuilles jetées à terre et les flaques éparpillées sur le trottoir comme des morceaux de verre. Nous étions le silence vers lequel nous allions, vers le monde des romans et celui des sonates.

Quand nous sommes arrivés en bas de chez moi, j'ai jeté un coup d'œil aux fenêtres du troisième étage, il m'a semblé voir bouger derrière les rideaux, les lumières de notre chambre étaient allumées, il n'était pas tard, Paul devait m'attendre. J'ai composé le code de l'immeuble, la porte s'est ouverte, je préférais que nous nous disions au revoir dans le hall. La voisine du dessus fumait une cigarette, le corps adossé aux boîtes aux lettres, elle m'a saluée d'un mouvement de tête. Nous sommes restés ainsi tous les trois quelques instants dans la pénombre. Puis elle a écrasé sa cigarette contre le mur en crépi et a jeté le mégot dans la corbeille avec les papiers chiffonnés et les magazines publicitaires. Elle a sorti de la poche de son jogging une boîte de chewing-gums, elle a avalé une ou deux dragées vertes. Son téléphone a vibré, elle a regardé le message qui s'affichait sur l'écran, rien qui semblait pouvoir la sortir de son découragement ni la décider à remonter chez elle. La gardienne a ouvert la porte de sa loge, c'était l'heure de sortir le chien et les poubelles. J'aurais aimé que nous arrivions cinq minutes plus tôt, j'aurais voulu la solitude que requiert un adieu, cinq minutes sous un porche. Les choses étaient ainsi, j'ai embrassé la joue de Vincent, l'expression bouleversée de son visage me comprimait le thorax, à l'oreille je lui ai murmuré *merci*, tout le reste était enfermé dans une boule à neige remplie de paillettes, qu'un jour il faudra retourner avec des mots pour les voir voleter, quand la force reviendra. Quelque chose se refermait sur nous, le beau qu'on a rêvé, le bleu qu'on n'a pas peint, minuit jamais atteint.

Le lendemain, j'ai amené Rosalie à l'école. J'ai descendu le boulevard, tourné deux fois à droite, et quelques minutes plus tard j'étais devant la façade de l'hôtel Bienvenue dont l'enseigne en néon rose scintillait dans le matin. J'ai demandé au réceptionniste le numéro de la chambre de Vincent, je n'ai pas souhaité qu'il annonce mon arrivée. J'ai pris l'ascenseur, j'ai appuyé sur le bouton qui mène au deuxième étage. Dans le miroir, j'ai arrangé un peu mes cheveux, j'ai ouvert mon manteau. J'ai longé le couloir jusqu'à la chambre 204, j'ai frappé à la porte, j'ai pensé à cette phrase, *ce qui ne peut être empêché, il faut l'embrasser*.

Plusieurs années ont passé. Je n'ai jamais revu Vincent après ce matin-là, il a installé quelque chose de lui au plus profond de moi, un sentiment que le temps a scellé à l'étain. J'ai depuis lui, dans le cœur, un poème, rien que je puisse réduire aux mots que j'en dis. Son visage ne m'a pas quittée, il est penché sur le *do* d'un piano au fond d'un vestibule. Je me surprends parfois à l'imaginer sur le trottoir d'en face, adossé au lampadaire, un casque à la main et, autour de son cou, l'éclat métallique d'une médaille.

Mon frère vit avec sa femme dans un appartement à quelques pas de chez moi. En rentrant, je regarde vers ses fenêtres et si les stores sont levés, je sais qu'il est là. Maman a commencé à perdre la mémoire quelques mois après nos retrouvailles, à oublier nos rendez-vous, à sortir dans la rue en chemise de nuit. La maladie l'a emportée rapidement, je ne sais pas grand-chose de ce rideau blanc qu'elle a jeté sur sa vie, pour finir. Elle m'aura laissé du temps pour revenir à elle, me permettant d'enfin lui restituer sa place dans mon cœur. Ce que je retiens aujourd'hui, c'est sa main dans celle de ma fille, quand elle venait la chercher à l'école, et cette main c'était aussi la mienne. Je l'ai vue joyeuse, croquant dans un gâteau qui sortait du four ou dans un bloc de nougat. Parfois, je l'emmenais acheter une robe ou une paire de chaussures, j'étais si émue quand elle se regardait dans la glace et qu'alors elle sortait du brouillard où ses yeux, et désormais sa mémoire, la laissaient le reste du temps. Dans sa table de chevet, au milieu des photos et des cartes postales, j'ai retrouvé un petit napperon blanc en papier, rond et dentelé, avec une légère auréole marron, provenant sûrement d'une tasse ou d'une soucoupe à café. Il y avait inscrit *je t'aime maman pour toute la vie* d'une écriture d'enfant. Au dos avait été noté au stylo-bille *Mona, sept ans.*

Paul est à la retraite maintenant. Le soir quand je rentre, je le trouve sur le canapé en train de lire, il dit *le repas est prêt* ou *j'ai acheté des fleurs.* De temps en temps, nous faisons un voyage, nous visitons des amis. Toute sa vie avec moi il a semblé me répéter *respire que je respire*, il ne voulait rien d'autre, pas même un mensonge. Il m'est arrivé de lui en vouloir de ne pas me laisser sur un trottoir ou dans une cage d'escalier, de ne pas me saisir par les épaules pour me secouer et qu'enfin je revienne. Il n'est pas cet homme-là, et je n'étais plus une enfant dans le ventre d'une baleine. Il n'a jamais sacrifié son amour pour moi à mes sirènes, j'ai mis tellement d'années à le comprendre. Il me tenait dans son cœur sans jamais faillir, ni même tressaillir à mes impatiences. Ce qu'il me manquait de lui, ce n'était pas lui, c'était l'apparition en moi de quelqu'un.

Mon père, quand sa cuillère cognait au fond de l'assiette, j'avais l'impression qu'il me jetait contre un mur. Et parfois, je préférais qu'il me gifle pour qu'enfin de cette violence il nous soulage. Je me demande si le pire était mon corps humilié ou ce qu'il est resté des empreintes de la honte. Toute mon enfance, j'ai eu froid, j'ai eu faim, j'ai baissé les yeux. J'ai volé des gommes, des stylos, des cendriers, j'ai rempli mon corps de chips, de croûtes de fromages, de poissons déchiquetés qu'on jette aux chats de gouttière, aux chiens errants, pour un mot d'amour. J'ai dormi sur des banquettes de R5, dans des halls d'immeubles, sur des plages sans rien pour me couvrir. Ce qu'il a abandonné en moi, c'est la pérennité d'une impuissance à croire que je pouvais être aimée pour ce que je suis.

Paul m'a épargné de crever dans des bras ordinaires mais ce qui me manque me manquera toujours, aucune ligne, aucune liaison et l'amour même, rien ne me rendra ce que je n'ai pas reçu, l'amour d'un père. Ce qu'il me reste de sa brutalité, c'est celle que je m'inflige.

J'ai fait quelques courses hier, en bas de chez moi, pour le dîner. J'ai glissé dans mon filet à provisions du beurre, quatre yaourts aromatisés, de la crème fraîche, des spaghettis, quelques champignons de Paris dans une barquette et une poignée de petits pois frais. Je suis passée devant les caisses sans achat, j'ai fait un signe de la tête au caissier qui m'a souri, je suis sortie sans hésiter une seconde. Sur le chemin du retour, il s'est mis à pleuvoir, j'ai pressé le pas. J'ai ramené mon butin à la maison comme un sanglier, la chair d'une proie fragile. J'ai vidé le filet sur la table de la cuisine, sans rien avoir à redire du passé. J'ai mis au frais les produits laitiers, les légumes dans une passoire. J'avais encore un peu de temps avant le repas, j'ai fait couler un bain. Une fois dans la baignoire, mon cœur s'est mis à battre à toute vitesse, comme si j'étais debout au milieu d'une autoroute à quatre voies. J'ai entrebâillé la fenêtre, ouvert le robinet d'eau froide mais rien n'a calmé la chamade. Soudain, j'ai été prise de panique comme si je réalisais que j'allais passer le reste de ma vie dans un labyrinthe.

Cela m'a semblé une offense inconcevable si c'est une fatalité d'où je viens, si rien n'est jamais fini pour toujours et qu'alors écrire, c'est en attendant que ça reprenne.

J'ai bondi hors de la baignoire, je me suis rhabillée à la hâte malgré la mousse dans la nuque et le pli des bras. J'ai pris de l'argent dans mon portefeuille, en courant j'arriverais avant la fermeture de la supérette. J'ai remis les courses dans le filet à provisions, enfilé mes chaussures en écrasant le contrefort, j'ai dévalé quatre à quatre les marches de l'escalier, en sortant de chez moi j'ai senti mes cheveux qui gouttaient dans mon dos.

Composition : Nord Compo
Achevé d'imprimer
par CPI Firmin-Didot
à Mesnil-sur-l'Estrée, en juin 2021
Dépôt légal : juin 2021
Numéro d'imprimeur : 164570

ISBN : 978-2-07-292652-5/Imprimé en France

374715